U0043116

卡倫姆‧麥坎／著 Colum McCann

葉佳怡／譯

寫小說就這樣？

給青年作家的信

Letters to a Young Writer

ℙ 目次

I 導論　無法言說的狂喜

「沒有人可以給你建議或幫助，沒有，只有一個辦法，就是親自去寫。」一個世紀之前，詩人里爾克在《給青年詩人的信》中寫道。

○○○

　　里爾克說的當然沒錯——除了你之外，沒人幫得上忙。說到底，最要緊的還是實際去寫，更別說之後還得一次又一次地寫。不過，法蘭茲‧薩佛‧卡波斯（Franz Xaver Kappus）這位年輕寫作者的通信請求，讓里爾克覺得很有意思，所以六年間跟他進行了十次書信來往，信中提出有關宗教、愛情、女性主義、性、藝術、孤獨及耐心的建議，但也對詩人的生命深刻產生了結構性影響，進一步改變他書寫這些主題的方式。

　　「最重要的是，」他說，「在夜晚最寂靜的

時刻，問問自己，我是真的非寫不可嗎？」

　　所有曾覺得需要寫作的人，都知道什麼是「寂靜時刻」。我在寫作及教學生涯中見過很多這樣的人，當然也遭逢過不少寂靜時刻。亨特學院（Hunter College）創意寫作碩士班每年的第一堂課上，我都會以「我什麼都無法教給學生」的宣言拉開序幕。寫作是一門技藝繁瑣又嚴肅的藝術，而我眼前是準備投身這門藝術的十二位男女，這說法確實讓他們稍受打擊。這些人都是美國最聰明的年輕寫作者，其中六名是碩一生，六名是碩二生，當初可是從好幾百位寫作者中精挑細選出來的入學者。但我之所以每學期以此開場，絕不是為了打擊他們的信心，我想達到的效果恰好相反：我什麼都無法教你，而現在既然你知道了，就想辦法自己去學。說到底，我就是將他們引至火焰燃燒之處，希望他們能明白自己會在哪裡遭火燒傷。不過，我給的建議也是希望幫助他們應付、穿越這道火焰。

　　年輕寫作者該置身的最佳處境之一，就是面

對一道燃燒的牆，身上一無所有，只擁有足以驅策他衝到火光對面的美德：精力、欲望和堅忍不拔。然後想盡辦法打破那道牆，鑽出一條隧道、爬牆，又或者直接把牆剷平，總之不是藉由我的幫助，而是因為他們已好好深入過自己的內心（這是里爾克本人的說法）。截至目前為止，我已把二十年的精華歲月投身於教學，消耗掉的粉筆和紅筆可多了。我不能說其中的每分每秒都盡興，但大致來說仍相當喜愛，也是一段我在這世上絕不願抹消的經歷。我曾有一位學生得到國家圖書獎，一位學生得到布克獎，還有學生得到古根漢獎和手推車獎。我也收穫了許多美好的師生情誼和友誼。但老實說，我也常目睹別人甩門就走，也經歷過內心崩潰或極度悔恨的時刻。

事實是這樣，我在這裡只是個陪襯角色，無論你練習過多少次、投入多少時間，都不必然讓你擁有更好的資歷。一個學生很可能打從一開始就懂得比我多。不過，我唯一可能幫上的忙，就

是在這短短幾學期內，給出一、兩個建議，好讓他們少走些冤枉路，或者心碎時不那麼苦。

這裡所有學生追尋的無一例外，都是里爾克口中「說出那無法言說的狂喜」。而這一切確實無法言說，他們得獨自扛起這項差事，培養在困境中抱持信念的能力。他們的意志也必須夠堅強，才能理解成功必須花費大量的時間和耐心。

才在不久之前，故事獎〔Story Prize〕的主辦單位要求我以「寫作生涯」為題投稿一篇短文。我把若干想法組織起來，加入些許寫作信念，還有從教書生涯中如同擰毛巾一樣可以擰出的所有「智慧結晶」，寫出了〈給青年作家的信〉，也就是本部選集中的第一篇文章。其他文章則是在之後的一年內寫成，這些文章有的提供指導，有的試圖號召讀者採取某項行動。無論如何，這不是一本「寫作說明手冊」，我也不希望這成為一本叨叨念念的牢騷之作。這本作品更像細語閒聊，就像我偶爾會跟學生去公園散步時進行的談話。在我的想像

中，這會是私下教授一名青年寫作者的建議之書，不過我猜想，就結果而言，這會是一系列寫給所有作家的信件，尤其也是寫給我自己。

我當然也有想到西里爾‧康諾利（Cyril Connolly）那句有名的提問，「雷諾瓦有寫多少如何作畫的書嗎？」我很清楚，寫作在本質上是個神祕的過程，試圖解析很可能只是愚昧，但儘管如此，這本書就在你面前了，我完全知道將魔術箱打開後，觀者注定感到失望，不過真相是，看到青年寫作者提取自身世界的元素，並以文字塑出形貌時，我是真心感到快樂。我把學生逼得很緊，有時他們也會反咬我一口。事實上，我開設寫作工作坊的其中一個信條，就是「學期課程期間，寫作的奮戰難免會讓鮮血滲出門外，而且其中勢必有我的血。」

我得承認，寫作這些文章的我是個慘烈的失敗者，你可以看出這是一種自打嘴巴。我貪求失敗，也早已在此失敗。我所給出的不包含任何我想聽的建議。我希望自己能以謙卑姿態給出這些

建議，也渴望再也不需要這些建議。

　　就用一個我自身的例子來警告大家吧。有一次，我寫了一部名為《舞者》的小說，其中虛構了舞者魯道夫・紐瑞耶夫（Rudolf Nureyev）的人生。我把初稿寄給我崇敬的一名作家，這位作家寫的每個字都讓我無比妒羨。他寄回了整整六頁讀後筆記，簡直親切過頭。我基本上接受了他的所有建議，但對其中一個深感困擾。他說我該把故事開場以「四個冬季……」開頭的戰爭獨白刪掉。我在這個段落投注了六個月心力，那也是我書中最喜愛的一個橋段。他說得有理有據，明確表示不該留下這個段落，但我就是做不到。之後好幾天，我不管走到哪裡都能聽見他的聲音：刪掉、刪掉、刪掉。他是世上最偉大的作家之一，我怎能違抗他的意見？

　　最後我還是決定不接受這個建議。我決定深入內心，聆聽自己心底的聲音。書終於出版後，他寫信給我，說我做了正確決定，是他真的錯了。

這是我收過最美好的信之一。他是約翰・伯格（John Berger）。我之所以提起他的名字，是因為他是我的老師，不是文學上的老師，而是文本分析領域的老師，而且也是我的朋友。我還有其他老師：吉姆・凱爾斯（Jim Kells）、佩特・歐康尼爾（Pat O'Connell）、吉拉爾德・凱利兄弟（Brother Gerard Kelly）、我的父親西恩・麥坎（Sean Ma-Cann）、班尼迪克・奇力（Benedict Kiely）、吉姆・哈里森（Jim Harrison）、法蘭克・麥寇爾特（Frank McCourt）、埃德娜・歐布里恩（Edna O'Brien）、彼得・凱瑞（Peter Carey），另外也幾乎包括所有我讀過的作家。這本書的完成也仰賴唐娜・查普尼克（Dana Czapnik）、辛迪・吳（Cindy Wu）、埃利斯・麥克斯威爾（Ellis Maxwell）和我兒子約翰・麥可（John Michael）的幫忙。我們說出的話畢竟不只來自我們，也來自許多其他人，這一切正是人與人之間擦出的火花。

　　我希望本書可以或多或少幫到正尋求老師指

導的青年寫作者，又或者是較為年長的寫作者，
不過到頭來，我這老師什麼也不能真的教會你，
只能讓你認識寫作的火光。

I 給青年作家的信

我活得像漣漪，一圈圈往世界邊緣擴散。

── 萊納·瑪利亞·里爾克（Rainer Maria Rilke）

○○○

　　不要做什麼都追求合情合理。你要保持誠懇，全心投入，不要甘於安逸。大聲把寫好的內容讀出來，做個甘於犯險的人，別怕其他人認定為多愁善感的情緒。隨時準備好遭到擊碎：這種事偶爾會發生。允許自己生氣、失敗、暫停，也要接受拒絕。讓自己因為崩潰而更生氣勃勃，也練習振作起來的方法。你要保持讚嘆的能力，接受自己在世間的定位。找到能信任的讀者，這樣的讀者也一定能信任你。做一個學生，而非老師，就算教書時也一樣。不要哄騙自己，如果你相信那些正面的評論，那也得相信負面的評價。不要容

許自己心腸變硬，並且面對現實，就算憤世嫉俗者比我們更能說出爆紅的格言，也要記住：他們永遠無法把一個故事好好說完。享受困境，擁抱神祕，透過在地性找到普世性。對語言有信心——角色會跟上你的文字，到了最後，情節也會藉著這樣的文字組織起來。再對自己嚴厲一點，不要不上不下，這樣或許能讓你活命，但不可能讓你交出好出品。永遠不要輕易滿足，要超越一己之私，並信任好文字能發揮持久的力量。我們的手筆永遠出自他人的手筆，所以要大量閱讀各種文字。你可以模仿別人、複製他人，但轉換成自己的風格。書寫你想知道的內容，更棒的是，書寫時朝向你仍不清楚的方向探索。最棒的作品總是從超越作者自身的認知出發，才有辦法深入人心。面對白紙時大膽下筆，下筆時要維護遭人訕笑之人、要超越絕望，要在現實中創造正義。唱出自己的歌聲。從生命的黑暗所在提煉出畫面，畢竟受人眷顧的哀痛大大好過不受人眷顧。對於能帶給你太大安慰的事

物存疑。世間的希望、信念和信仰很常讓你失望，但又如何？分享你的憤怒，並且去抵抗，去譴責。總是讓自己充滿精力、勇氣和毅力，並明白沉靜的話語跟喧囂的話語一樣重要。信任你創作的藍筆，但也別忘了能糾正你的紅筆，好讓重要的一切發揮出關鍵效果。容許自己去恐懼，去釋放自己。你一定有可以寫的想法，不會只因為那些經驗看來私人，就代表沒有普世性。不要說教──沒有比詳細說明更能扼殺生命的事物。為想像出來的事物提供充分論據，但仍帶著疑慮下筆。做一個探險者，去沒人去過的地方，而不只是遊客。你要為修復和平而戰。你要相信細節，要建立文字風格。故事早在第一個字出現前即已開始，也遠在最後一個字出現很久後才結束。讓平凡的事物光彩煥發。不要恐慌。揭露尚未成形的真相，並在此同時娛樂讀者，滿足所有嚴肅及歡樂的需求。讓自己興奮地鼻孔放大，讓肺臟充滿語言，你可以被奪走很多事物，甚至是生命，但透過故事建立的生命誰也奪不走。

因此，絕非是我懶得關愛或失敬，但我對青年作家的建議只有一句話：寫就是了。

沒有規則

寫小說有三條規則，不幸的是，沒人知道內容是什麼。

——威廉‧薩默塞特‧毛姆（William Somerset Maugham）

○○○

寫作沒有規則，就算有任何規則，那也是用來打破的。擁抱這種矛盾，你的手中總會同時握有兩種或多種彼此衝突的想法，你一定要對此做好準備。

別把文法當一回事，但首先你必須了解文法。別把形式當一回事，但首先你必須學會創造形式。別把情節當一回事，但到了某個階段，你最好還是得讓故事中發生一些事。別把結構當一回事，但你必須先從頭到尾想清楚，徹底想清楚，確保自己有辦法閉著眼睛走完這趟旅程。

偉大的作家會故意打破規則，他們這麼做是

為了重構語言，他們用沒人用過的方式訴說語言，再取消自己創造出來的說法，他們會不停取消，他們會反覆打破自己定下的規則。

　　所以，請大膽去打破規則，又或者去創造新規則。

你寫下的第一個句子

所有小說的第一句都該是這樣:「相信我,搞懂這篇小說得花上一點時間,但其中確實存在秩序,那秩序幽微,但仍充滿人性。」

—— 麥可・翁達傑(Michael Ondaatje)

○○○

小說的第一句就該有辦法扯開你的胸膛,伸進你的身體,將心臟往後扭拽。小說的第一句該有辦法暗指:世界不可能再跟之前一樣了。

這樣的首次出擊應該具有效果,不但要能讓你的讀者栽入某種迫切、有趣,又充滿訊息的情境,還要能將你的故事、詩或劇本往前推進。這句話該對你的讀者低語:一切將開始改變。

之後的展開大多取決於開篇設定的基調。開篇第一句能讓我們確知一切不會停滯不前、能給予

我們足以辨認的座標，也能讓我們明白終將前往某地，但同時又能輕鬆以對。不要把故事的世界觀塞進作品的第一頁，想辦法平均分配，讓故事逐漸開展。把開篇第一句想成入口，一旦你帶讀者跨過門檻，就能帶他們參觀房子的其他地方了。在此同時，如果第一次開頭進行得不順利，別驚慌，通常都是在初稿寫了一半，你才會找到可用的開頭。你會在寫到第一百五十七頁時意識到，啊，我該從這裡開始寫才對。

那麼你就從頭開始，再寫一遍。

你可以優雅地開篇、激情地開篇、細緻地開篇，也能令人驚訝地開篇，或者將一切亮點全壓在開頭。當然，這有點像走鋼索，但就出發吧！走上那條鋼索！讓自己在緊繃的鋼索上放鬆，開篇第一句就像你邁出的第一步，雖然只是之後許多步伐中的一步，但已確立了即將展開的一切形貌。先試著離地一英尺，然後兩英尺，接著三英尺。最後你可能會置身離地四分之一英里的空中。

當然，你可能腳步踉蹌，也可能跌落，那也無妨。這一切終究是靠想像力在運作，多試幾次也不會死。

　　至少還不會死。

你寫下的第一個句子

別寫你知道的事

我只對難以執行的主題感興趣。

—— 內森‧恩格蘭德（Nathan Englander）

○○○

別寫你知道的事，去探索你想搞懂的領域。

挑戰自己的限制，甘於犯險，這能拓展你的世界，讓你走到不同境界。調查隱藏在窗簾及牆面另一邊的事物，而且不只是探索幽微的角落，還要走出你的小鎮，走出你所知的國家邊界。

作家就是探險家。她知道自己想抵達某處，但還不知道目的地是否存在。那是個尚待創造的彼方，是想像中的加拉巴哥群島，是足以重新定義我們的全新理論。

別只是無所事事，別只是成天探索內心，那很無聊。說到底，你的肚臍眼內只會有些衣服的

線頭。你得督促自己向外探索，青年作家，你得去思索他人、思索異地，思索你可以走到多遠，那條漫長的路終將帶你回家。

唯一能真正擴展自身世界的方法，就是超越自身限制，換位思考。有一個簡單的詞可以描述這個做法：同理心。小心別給騙了，同理心是個暴力的概念，非常難搞，而且能輕易擊潰你。一旦有了同理心，你會變得不同，而且必須做好準備：人們會為你貼上「多愁善感」的標籤，但事實是，憤世嫉俗者才是真正多愁善感的傢伙。他們只願活在過去，只願受到那樣的鄉愁雲霧環繞，他們的心靈一點也不勇健。他們只願待在原地不動，只相信一種想法，而這種態度激發不出任何火花。記住，世界絕不能靠一個故事說盡，我們會發現，自己的故事終將在他人身上延續下去。

所以別管那些憤世嫉俗的傢伙了。你可以超越他們，你可以去到別處，並相信你的故事擁有更大的意義。

到了最後，當然，你會發現你的一年級老師是對的：我們確實只能寫我們知道的一切。無論就邏輯或哲學上來說，你都不可能真正去寫你不懂的事。但是，若試圖逼近我們不會知道的事物，以此方向書寫，就會找到我們早已知道卻仍未完全意識到的事物。我們的意識會有所躍進，而不是永遠待在「我、我、我」的自我漩渦中。

　　正如馮內果所說，我們應該不停從懸崖跳下，並在墜落的過程中，想辦法長出翅膀。

　　　　　　　　　　　　別寫你知道的事

恐怖的空白頁

固守有其樂趣，堅持有其樂趣，擔負義務有其樂趣，戒不掉的癮頭有其樂趣，不起眼的持續投入有其樂趣。

—— 瑪姬・尼爾森（Maggie Nelson）

ooo

　　看到恐怖的空白頁時，別讓你的心靈像被包上收縮膜一樣窒息。拿作家瓶頸來當藉口太容易了，就算什麼都做不了你也得上工。你得坐在椅子上為這一片空白奮戰。別離開你的書桌，別跑出房間，別說得去繳帳單，別洗碗盤，別去看體育版又有什麼新聞，別開信箱，別用任何方式分心，直到你感覺自己奮鬥過了，也真的累了才能停止。

　　你得花時間下去，如果不這麼做，那些字詞不會出現。事情就是這麼簡單。

　　作家不是成天在思考寫作的人，不是談論寫

作的人，不是計畫要寫作的人，不是剖析寫作技巧的人，甚至不是有辦法把作品倒著寫的人：作家是最不想把屁股黏在椅子上，但仍把屁股黏在椅子上的那種人。

若要寫作出好作品，你會反覆受到摧折，很少人談論這件事，但作家必須擁有如同世界級運動員的體力。寫作實在累人，你必須不停坐在同一個地方，你必須承受各種錯誤，反覆重寫，心靈為此耗竭，就像將水桶一次次投入幾近全空的井中。你得把一個字詞在頁面上移來移去，再移回原處，質問這個決定，猶豫不決，然後改成**粗體**，換成*斜體*看看，放大字體，甚至換一種拼法，或者使用不同口音，然後再一次又一次更動。單行間距好了，還是雙行間距？左右對齊，還是單行間距好了。你得為了最後定案絞盡腦汁，堅持不懈，而光陰就這麼隨時鐘指針滴答流逝。別將最後的勝利拱手讓給負面思想，大聲喝退吸引人的失敗主義心態。不只理解文字代表的意義，也理解文字排

擠掉的意義。在你把自己一拳揍倒在地時爬起來，拍掉身上灰塵，重新戴好護齒器，想辦法將前幾天下的苦功延續下去。

別擔心字數，更重要的是你刪掉多少。你得乖乖坐在那裡，削尖刪改的紅筆、猛敲刪除鍵，又或者將稿紙扔入火堆。就算是順利的一天，你寫的字數也可能比昨天少上一百字。但就算是一個字也沒寫的一天，也好過完全沒花時間寫作的一天。

只要堅持不放棄，你想要的字詞一定會出現，這些字詞出現時不見得浩大如燃燒的樹叢，也不會凌厲如同從天而降的閃電，但沒關係。繼續奮戰，一次又一次奮戰，只要你堅持得夠久，正確的字詞終會現身，就算沒有，你也試過了。

反正把你的屁股黏在椅子上就是了。屁股黏椅子。屁股黏椅子。

盯著那片空白。

人性才能帶來靈感

我們的所見及所知之間的關係從未確立。每天傍晚，我們看到太陽落下，我們知道旋轉的地球正把太陽甩在後方，但我們的認知及解釋，永遠無法真正說明眼前的場面。

—— 約翰・伯格（John Berger）

○○○

大家都笑說這是最荒唐的問題，但仍問個不停：到底是哪來的呀？你的這些靈感？你猜怎麼著？大多時候作家自己也不是很清楚。靈感就是出現了，它們就是這樣不請自來。你突然想到某事，你的想像肌理無法克制地開始運作，牽動全身，最後終於痙攣起來。這種痙攣的名字是執迷。作家就是這樣：我們去寫我們執迷的事物，而且在找到足以正視此事物的文字前不會放棄。精確書寫是唯一能讓你解脫的方式。

祕訣是對世界保持開放的心態。你必須聆聽他人說話，觀看一切，敏銳捕捉各種可能的靈感。常見的靈感可能出現在報紙上，可能是在地鐵上偶然聽到的一句話，也可能來自某個充滿家族回憶的閣樓。靈感可能來自一張照片、一本書，另外一個可能是，你近乎莫名地遭受一個模糊的想法橫掃，並堅信其中有些什麼。靈感甚至可能是你想正面處理某個巨大議題的渴望：自然環境遭到的蹂躪、客機撞入大樓的根本性原因，又或者是在我們眼前無止盡播放的糟糕選舉新聞，這些都可以。沒有任何故事的重要性足以超越其他故事，你只需要知道，你的書寫必須讓世界以新的方式讀到這個故事，而且你得下功夫好好研究。

不過要小心，靈感本身可能沒問題，也是政治上的好議題，卻不見得能發展成好的文學作品。你得先找出其中的人性，找出足以凌駕空泛說法的人性特質，那才是一個理論所要尋找的神祕元素，是深藏在樂曲中的花音。

先從一個小細節開始，然後朝你所執迷的一切發展。你的書寫不是為任何文化或哲學思想代言，也不是在幫助人民發聲，而是跟他們一起發聲。你的書寫是要擊碎這個大家普遍接受的世界，再創造出一個新世界。通常是在工作早已完成很久之後，作家才會知道自己寫作的真正理由，一直到作品交到他人手上時，她的目的才會清晰起來。

　　不知道你的故事究竟會怎麼發展是好事，你可能會因此抓狂一陣子，但還有比抓狂更糟的事，舉例來說：你的作品一片死寂，什麼都沒發生。

一名有自覺的英雄

因為，若要成為一名有自覺的作家，最終還是要問自己：
我願意讓自己變得多敏銳？

——安・拉莫特（Anne Lamott）

○○○

　　文學作品要好，重點在於創造新意，但又是
人們可以承受的新意。你是在創造另一個時空，
是將之前從未存在的事物塑造得栩栩如生。你不
只是製造時鐘的師傅，還是成品的度量單位。你
著手形塑的是過去、現在和未來，這項責任重大，
你必須懷抱敬意。

　　引導你的讀者進入故事。你要對他們說，相
信我，這段旅程或許漫長，而且陌生、艱困又帶
來痛苦，但終究值得。你要告訴讀者：你可以在
正確的時刻創造奇蹟。

　　　　　　　　　　　　　一名有自覺的英雄

找出故事的「決定性時刻」──甚至是場景中的「決定性時刻」──可能讓你在寫作過程中獲得無上啟發。你會意識到這個時刻代表的意義：這是一切產生變化的時刻，而且不只是對你筆下的角色而言，也包括你自己。你開始接近事物的核心，接近萬物的支點，也就是真正要緊的關鍵。若你沒找出這個時刻，一切都會分崩離析。

　　你的責任是讓讀者看見，也讓讀者聽見，只要使用正確的文句，就能在豐富的想像力及形式之間取得平衡。你必須排除萬難，將那個「決定性時刻」從一片靜默中拽出來。身為一名作家，你必須對每個句子保持敏銳。你的想像力是用來創造另一種現實，就彷彿剝開時間的外皮，尋獲全新領土，成為一名有自覺的英雄。

　　青年作家確實就是有自覺的英雄，這樣很好，但請明白過程既費力又令人痛苦。你會因此扯掉一堆頭髮，老是磨牙，還得反覆刷洗自己髒汙的心。你會像是在為一場可能永遠不會實現的演出反覆

排練。

　　某一天，你或許會發現，正是因為希望能寫好，你變得痛恨寫作，但理解這個糟糕的真相，只會帶來另一種形式的喜悅。趕快習慣吧，畢竟就連太陽也會為了升起而落下。

一名有自覺的英雄

▊ 從塵埃裡來：創造角色

寫作變得無比流暢後，我有時覺得，自己幾乎是為了說故事的純粹樂趣而寫，因為那或許是最近似俯瞰眾生的人類處境。

—— 加布列・賈西亞・馬奎斯（Gabriel Garcia Marquez）

○○○

　　虛構寫作的最大樂趣之一，就是逐步發現你筆下角色的真實樣貌。這比你從想像世界中堆滿灰塵的角落中，創造出某個角色還要更好一些。不過若要從零開始創作出一個人物，你不能只是跑去最近的「虛構元素超市」，將最低的貨架全數搜刮一番而已。你的角色必須精細、複雜，充滿缺陷，他們必須要有辦法迎頭承擔現實的種種重量。他們必須有血有肉，一團糟的狀態也令人心碎。

　　我們通常會用足以全面性定義一個人的籠統

　　　　　　　　　　　　　　　從塵埃裡來：創造角色

特質（例如誠實、對事物的看法，或者是否正直等等），來進行思考及分析的工作，但若要說好一個故事，你必須摸清筆下角色特性的精確細節。把那些「主角」和「對立角色」之間的紛爭放到一邊，也別管工作坊中重複提及的「動態角色」或「靜態角色」，你必須做的是創造出一個真實的人。文學中常見的一個說法是「角色決定命運」，（或許就是）代表一個刻畫得宜的角色，可以透過自身擁有的諸多動機，採取具有一致性的各種行動。因此，角色能幫助故事獲得一個明確的結局，但若這個角色不是出自廣泛的「人性雜燴」，故事就毫無意義。我們必須將角色描寫得極度真實，真實到讓讀者永遠忘不了。

　　將一個角色描寫出來的過程，很像是跟一個你想談戀愛的人見面。你（還）不在意對方人生的所有實際細節，所以不要把太多資訊一下子丟給讀者，之後再讓這一切慢慢浮現即可。身為讀者的我們會受到光陰中的一個片刻吸引——各方匯

聚而成、產生改變或開始崩塌的一個單獨片刻——而不是一份豪華的履歷或簡歷。所以不要泛論，你得具體說明，每個小細節都不放過，這樣讀者一定會很快愛上你的角色（又或者慢慢變得痛恨你的角色）。我們必須讓這些角色身上發生一些事，這些事得讓我們疲憊的心再次激越起來，無論帶來的是創傷、哀痛或喜樂都好，總之讓讀者開始在意你用文字召喚出的那個有血有肉之人，那個藏身語言中的真實之人。之後在故事中，我們可以再好好地、慢慢地認識這個人的更多面向。

　　有些時候，我們會從身邊找一個人當作角色的骨架，再自己填上血肉，又或者我們會找歷史上的名人為底本，再以新的樣貌呈現出來。無論採取哪一種方法，我們都有責任將這些角色寫活。你必須對自身的想像力負責，其程度不亞於你必須對歷史負起的責任。

　　這些角色或許是人造的，但到了最後，這些虛構角色會在世界中變得真實。傑‧蓋茲比（Jay

　　　　　　　　　　從塵埃裡來：創造角色

Gatsby）*是真實的，湯姆·約德（Tom Joad）*是真實的，利奧波德·布盧姆（Leopold Bloom）*也是真實的。（至少跟這個世界上我們仍未見過面的七十億人一樣真實。）

到頭來，你對角色的認識要跟認識自己一樣深入。你不只知道他們早餐吃什麼，還得知道他們早餐想要吃什麼。角色在文學中渴望的那片培根不一定會出現在故事中，但你仍得清楚知道這片培根的存在。事實上，有關角色的任何問題，你應該都要能立刻答出來。你的角色在哪裡出生？她關於人生的第一段記憶是什麼？她的筆跡長什麼模樣？她會怎麼過馬路？為什麼她的食指底端有一個燙傷的痕跡？她走路為什麼跛腳？她的指甲縫裡為何有泥土？她屁股上的傷疤哪來的？她投票會投誰？如果要順手牽羊，她第一個會偷走什麼？什麼讓她快樂？什麼讓她害怕？什麼最會讓她深感罪惡？（這些都是很基本的問題，但很多作家從來不想，而且這種作家的數量會多到讓你驚訝。）

你應該要有辦法一閉上眼，就成為角色肚子裡的蛔蟲。你要可以聽見她說話的聲音、感受到她腳步聲的質地，還可以在腦中跟著她走一段路。你要讓她住在自己的腦子裡喋喋不休。你要在心中列出清單，一條條指出她的所有特質及特色，還有她是哪裡人、長相、肢體語言，以及特殊舉止。她的童年如何？遭遇過什麼衝突？渴望什麼？說話的聲音聽起來如何？給予角色出現意外舉止的空間。當他們感覺就是要右轉時，讓他們左轉。當他們顯得太歡樂時，擊潰他們。若他們感覺想要離開這個故事了，逼他們再待上一句話。將角色複雜化，比如讓角色產生矛盾，說話前後不一，因為真實的人生就是這樣。別把一切安排得太符合邏輯，邏輯會讓我們動彈不得。

　　到了最後，若你不了解你的角色，坐在桌前寫封信給她，信的第一句或許可以說：為什麼我不了解你？你或許會對答案感到驚訝。畢竟根本上來說，回信給你的就是你自己。

這做法聽來極端嗎？那就極端吧。確實極端。寫作本來就是在嘗試各種極端的可能性。

納博科夫說，他筆下的角色就是負責在船上打理廚房的奴隸——但他是納博科夫，只有他能說那種話，同時請容我滿懷敬意地不同意這說法。你的角色值得獲得你的尊重，有些理應讓人敬畏，有些則擁有自己的生命。要是他們出乎你的意料，你一定要感謝他們，另外也要感謝他們為你敲開想像力的大門。

---

* 《大亨小傳》（The Great Gatsby）的主角。

* 《憤怒的葡萄》（The Grapes of Wrath）的主角。

* 《尤利西斯》（Ulysses）的主角。

刻畫真相

透過任何可用的託辭來訴說真相——但說的必須是真相。
接受這輩子永遠不會被滿足的哀傷。

—— 莎娣·史密斯（Zadie Smith）

○○○

好作品是一種藝術，但也極度逼近真實，這種說法在虛構、非虛構、劇本和詩歌寫作上都說得通，就連新聞寫作也不例外。我們必須確保真相及創造的可能性同時發生。真相必須被製作出來，我們還得為此勞心勞力。

有些人似乎認為創造就是說謊，但完全不是這麼一回事。創造是將可靠的真實刻畫出來的過程。我們使用想像力，就是為了接近埋藏在最幽深之處的奧祕。

說到底，只有精心挑選的字詞有辦法訴說真

相，那些字詞是花稍或質樸都無妨。這樣一個字詞，又或者一系列字詞，必須有辦法將我們在生命中遭逢的殘酷具象化，但又能為殘酷帶來的毀滅賦予意義及可信度。唯有這種足以觸及詩學的語言才能對抗一切的偏誤。換句話說，你如果沒寫出最棒的作品就沒用。你的語言可以是了不起的武器，這種武器一定是複雜、充滿層次，甚至令人喪氣。你的語言必須讓人透過感受去理解，甚至很可能令人震撼又驚疑。你的語言應該說出我們早已清楚的事物，只是之前怎麼想都想不通。這種語言應該讓我們停下腳步尋思，讓我們點頭稱是，讓我們靜默。這種語言跟謊言無關，而是在形塑、鑄造，和引導。這種語言必須忠於你心中的創造精神。

　　而這所謂的「真相」又是什麼？或許真相就是這世界隱約有所意識，但仍未真正明白的事物。而你身為作家的工作，就是說出世界還不真正明白的一些事。這話說來容易，執行起來卻很難，甚至可能完全做不到。

不過請還是去找出那些絕非不證自明的真相。一個作家愈是擁有自由，愈是該對她所住的地方抱持批判性。瞧瞧你身邊吧，所謂文學的「深度」就在生活中。找出你覺得有問題的地方，以此為題書寫，但記得終究是為了探索他方。而就算已經創造出這樣一個他方，你的書寫仍和生活息息相關。你並不欠政府什麼，你無須跟政府結盟，對於大家早已認可的想法，你也沒有什麼義務，但你確實得為那個難以捕捉的「真相」負責。難以捕捉？為什麼？因為就算你以為找到了，那真相也可能已有了全新樣貌，甚至變成邪惡、有害的概念。你總是得應付層出不窮的殘酷，還得思考各種新問題。到了最後，寫作什麼都不能解決。姑且為此開心吧，但在此同時，也絕不要忘記寫作有多麼重要。我的話聽來矛盾嗎？那很好，我就是自我矛盾。惠特曼（Walt Whitman）說我們每個人都擁有不同面向，喬伊斯（James Joyce）說好的寫作是用生命創造出生命。我們哪有資格跟這些偉大作家爭論

　　　　　　　　　　　　　　刻畫真相

呢？下筆去寫就是了。不要布道、不要說教，也不要毫無意義地狗吠火車，就是好好下功夫去寫，咬緊牙根去寫。真正探勘你所處的世界，這項能力足以將你逼入最陰暗的角落，也才能讓你發現從未被真正說出來的話語。

是的，我知道那些話語很容易在腦中隱約浮現，卻很難用文字表達出來，但無妨，去做就是了。仔細觀察你自己，觀察你身處的社群，還有你愛的人。把你的心聲說出來。為了不成為無言以對之人，你該這樣去寫。這樣就能獲得真相，又或者是我們能擁有的，最接近真相的事物。

追求真相到最後，等待我們的勢必是失望，但我們甚至偏愛這種失望。我們終於明白世間沒有絕對的真相。不過，真正能持續讓我們感興趣的，是貨真價實的思考及零碎隨想之間的差異，還有真誠及賣弄知識之間的差異。所以，只因為某件事真的發生在你身上，不代表就能構成一個真正的故事，或甚至是個好故事。只因為有人在「真

實」人生中說過什麼，也不代表就是更好的素材。只因為有人說「這是真的」，不代表那就是真的。你得讓故事變得真實，你得透過想像讓故事成為現實。從真實世界中提取元素，賦予層次。只要你想辦法做一個真誠的人，好作品就會出現，真的。

　　　　　　　　　　　　　　　　刻畫真相

隨身攜帶筆記本

作家的角色不是說出我們都能說的話，而是我們說不出來的。

── 阿內絲‧尼恩（Anaïs Nin）

○○○

隨身攜帶筆記本。找一本可以放進口袋的軟皮小本，輕巧又不造成負擔的那種。審慎使用筆記本，別整天埋頭苦寫，而是用在關鍵時刻。無論是畫面、靈感、街上聽來的對話片段、地址、描述，或者任何有可能發展成一個文句的素材都行。即便是一個小到不能再小的細節，都有可能是促成全新思考模式的關鍵。這些火花雖小，最後卻可能成為整本書的亮點。把筆記本寫滿，若可以的話，把做筆記的日期也寫下來。別搞丟了，拜託別搞丟。在內摺頁中寫下你的地址和電話號碼，並要求

找到筆記本的人務必歸還：最好提供小額賞金。但若真的還是搞丟了，別絕望——真正的好畫面一定已經深深刻在你的腦中。

把自己想像成相機

韻律是必要的美學元素 —— 透過各種相對關係合奏出的和諧韻律。只要藝術家發展出恰到好處的韻律，讀者就能沐浴在故事的光輝中。那是一種審美的吸引力，是靈光一閃的頓悟。

—— 約瑟夫・坎伯（Joseph Campbell）

○○○

　　把自己想像成相機，透過「語言」幫讀者看見畫面，讓他們彷彿身歷其境，也就是透過顏色、聲響和景象，將讀者帶入故事的脈動。一開始先展示全景，再聚焦於細節，然後為細節賦予生命。

　　這裡有個絕佳的技巧，就是假設你有好幾個可更換的鏡頭。你可以用魚眼鏡、廣角鏡、攝遠鏡頭，也可以拉近又拉遠。你可以將畫面變得扭曲、銳利，或者進行分割。想像自己真的是台相機，

　　　　　　　　　　　　　　　　把自己想像成相機

找出同時作為鏡片及快門的文字，讓這樣的文字成為你的心靈之眼。

作家該有辦法靈敏應對各種狀況：就算被自己逼入僵固的敘事結構中，你還是要有辦法朝所有方向發展。你的心靈就是雜耍藝人，把所有切入角度都試一試，反正沒什麼壞處。比如試著用第一人稱、第二人稱，和第三人稱寫寫看，又或者試著從主要角色的觀點去寫，也試著從局外人的觀點去寫。有些時候，故事是要透過局外人的觀點才合理起來。大刀闊斧地嘗試各種改變，比如採取福克納的風格，或者試試看德里羅。你也可以從現在講，從過去講，又或者嘗試採取從未來回望的視角。

這種彷彿相機的運作方式也會影響作品的表現形式。注意文字在頁面上如何呈現，不同的斷行策略可能造成關鍵差異，段落、空行、破折號和刪節號的使用也一樣。反覆閱讀這些文字，測試它們的效果，不停來回探究，從各種角度檢驗，讓自己跟萬花筒一樣千變萬化。

到了最後——如果你能堅持同時作為照相機及操作者的雙重身分——你就會聽見故事以正確的方式開始訴說，會看出正確的形式，也會找到正確結構，一切就此展開。然後你會明白，自己不只是一批可移動零組件的集合，你跟一台機器之間的差距遠達光年的規模。你已開始深入探究人心，於是相機不再存在，你開始可以真正看見一切。

　　　　　　　　　　　　把自己想像成相機

別鑽牛角尖了：關於 對話寫作

句子的表面意義只不過是女人身上的大衣，真正的意涵藏在絲巾和鈕扣中。

—— 彼得・凱瑞（Peter Carey）

○○○

別鑽牛角尖了，寫作中的對話永遠不可能真實。你可以現在就跑到街上，把聽到的一個故事錄下來，再謄成逐字稿，但即便如此，這故事讀來也沒那麼真實。

一段對話或許無法真實，卻必須誠實，而且必須像是信手拈來。作者寫下的對話必須看來像是沒花什麼力氣。一段書寫得宜的對話能將前後所有句子補充完善。

寫對話有很多可以參考的規矩或建議。比如千萬別考慮用「嗯」或「呃」，這種發語詞無法在書寫中呈現應有效果。盡量不要用對話來傳遞資訊，或至少不要是顯而易見的厚重資訊。對話中出現沉默或中斷很好。你可以嘗試書寫三人、四人或五人之間的對話，並想辦法讓對話自己運作起來。可以用「他說」或「她說」，但避免過度繁複的說明。別在對話中加入誇張的「倒抽一口氣」、「驚呼」、「堅持不休」或「低吼」。

確保對話跟前後描述有明確的區別，不只是節奏上的區別，長度也需要。對話一定會打斷散文形式的敘事，提供讀者喘息空間，或替讀者準備好迎接之後的情節。增加一些節奏跟蹌或反覆解釋的對話，讓一個角色不停解釋自己不見得是件壞事。

讓每個角色之間擁有鮮明的差異，並在語言習慣上有些反覆出現的模式。永遠不要忘記，人們往往心口不一，所以讓一個人的話語中出現謊言通常會很有意思。讓情節在對話中發生。記得不太需

要從對話的一開始寫，從中間切入即可。你不需要寫那些「哈囉」或者「你好嗎」，也不需要寫「再見」。在對話還要很久才會打住時停止書寫。

記住，懸疑是緊密連結作者和讀者的元素，我們都會想知道故事還沒說清楚的究竟是什麼。面對小說中發生的事件，讀者是跟作者最同聲一氣的偷聽者。

即便是用方言或土語，又或者像只有都柏林人會用的都柏林語，你都必須意識到，你的作品對面還有讀者，別讓他們搞不清楚狀況。別讓他們因為語言隔閡而進入不了故事。比如你只需要稍微點出角色的北愛爾蘭口音，不需要所有英文都用愛爾蘭發音來拼寫（Oirish）。你的語言不要輕易落入刻板印象，就像不需要用愛爾蘭英文拼寫「春天的禮讚」（arragh bejaysus）或「老天爺」（begob）。若是書寫美國南方的口音也不要寫過頭，因為一旦寫過頭，讀者全會讀到想怒吼。不要加入過量的牙買加口音，老兄（mahn），也不要用太多布魯克林

常見的鼻氣音。

相反的，只需透過幽微暗示讓讀者腦中自然形成語言韻律，這樣就夠了，你只需要給出一點線索，讀者就會開始自行想像，你寫的對話也會自動形成一種對話節奏。跟著節奏走，別只是一股腦想著要「反映現實」。

還有，讚美耶和華，書寫對話無須恪守文法結構。盡可能搞亂你的句子，你有漫遊和探索的自由。想想你可以不受什麼樣的規範限制？為了讓讀者知道這裡是對話，你會用引號嗎？用破折號嗎？用斜體嗎？事實上，即便在同一部小說內，或甚至在同一篇短篇小說內，你都可以同時使用這三種方法。這可以讓你的文字形成獨特聲腔。

簡單來說，引號是最常使用的方式，破折號帶有實驗性質，斜體則帶有折磨人的詩性。如果完全不用任何方法標記出對話，就作者而言是非常勇敢的做法，但要是執行恰當也能獲得良好效果。

去研究大師的做法，像是羅迪・道爾（Roddy

Doyle）、露意絲・艾芮綺（Louise Erdrich）、埃爾莫爾・倫納德（Elmore Leonard），和馬龍・詹姆斯（Marlon James），而且永遠記得，沒說出口的話遠比說出口的重要，或至少一樣重要。所以也要去研究作品中的沉默，讓沉默在書寫時產生效果。很快地，你會發現沉默蘊含了多響亮的話語，所有沒說的話終究會以某種形式訴說出來。

大聲讀出來

對我來說，寫作帶來的最大樂趣，不是表現的主題，而是創造出的音韻。

—— 楚門・卡波提（Truman Capote）

○○○

　　去跟你的作品對話，把作品大聲讀出來，讀時在家中走動，用聲音穿越天花板，畢竟再怎麼說，天空都比天花板有趣多了。所以別只是悄聲誦唸，大聲讀出來！別擔心丟臉，準備好接受可能的辱罵，發聲時別忘記用上丹田。

　　你的伴侶、室友、朋友或孩子可能會覺得你瘋了，但完全沒關係 —— 本來大家就高估了神智清明的重要性。

　　你得去聆聽筆下文句的節奏，包含那些複沓、準押韻、頭押韻、狀聲詞，還有最後組成的音韻。

讓自己成為作曲家約翰·柯川（John Coltrane）、
小說家童妮·摩里森（Toni Morrison）或者詩
人傑拉爾德·曼利·霍普金斯（Gerard Manley
Hopkins）。找出你筆下語言的構成要素、創造新
的字詞，逼近無盡延伸的爵士樂音，勘挖出一種
斑駁的晨光乍現。

　　一旦大聲讀出來後，你就能聽見自己原本的
意圖。你可以聽出音韻在何處運作，又在何處隱
沒。你會因此發現其中存在一種節奏，或者缺乏節
奏。你會發現其中存在各種押韻，也會發現許多
錯誤。你要因為找到錯誤而開心，拿出紅筆劃掉，
找出替代的一組或一系列全新字詞，然後再一次又
一次大聲讀出來，直到呈現出你認為正確的效果。
去成為你一直想成為的那種演員，演繹你想要的
音樂：不管是饒舌、放克還是狐步舞的音樂都好。
若有必要的話，錄下你朗讀的聲音，再次聆聽，
讓所有句子形成一片景觀。為了表達喜悅，你可
能需要一個不合文法以傻氣姿態蔓延的瘋狂長句

唷呼上氣不接下氣而且不循往例無憂無慮只有狂喜純粹如同一匹馬緊貼在文句下方噠噠往前奔騰。至於憂傷，則相對的需要用字簡潔，需要讓讀者感覺尖刺、陰暗，又孤獨。

只要大聲將作品讀出來，你也能置身他方，你會突然離開那匹帶著你奔騰的馬匹，抵達某個新的所在。別害怕迷路，盡可能去遠方探索。找出世間所有的陰暗色彩及抑鬱之情，將它們像空氣一樣充滿你的肺臟，才有可能協商出一些光明。就讓自己老是憂心忡忡吧，這沒什麼，人生的黑暗也是我們必須嘗試探索的主題之一。

布萊希特曾被問道，人是否會在低潮時高歌，他認為會：人們會用人生的低潮來高歌。

黑暗就是黑暗，就對此心懷感激，就高歌你的黑暗。

大聲讀出來

▌ 人、事、地、時、過程及原因

藝術家的目的就是透過人造手法捕捉各種動態，生命的動態，並將捕捉下來的一切固定住，好在一百年後的陌生人看見時重新動起來，因為捕捉下來的就是生命。

—— 威廉・福克納（William Faulkner）

○○○

有時最簡單的問題最難處理，不過，這個「人、事、地、時、過程及原因」的框架，仍可說是作家生火所需的基本燃料。

如果你的敘事者採取全知或第三人稱視角，那沒問題，你就是上帝，上帝基本上做什麼都不會錯（就連什麼字母要大寫也都由作者決定）。但如果你用的是第一人稱視角，就得先問自己幾

　　　　　　　　　人、事、地、時、過程及原因

個重要的問題。

首先，訴說這個故事的人是誰？這或許是最好回答的問題，不過仍得花點時間將這人的特質定義清楚。你先決定好一個敘事者，為其賦予生命，藉此展開這趟冒險。你的故事或許是透過好幾個第一人稱視角訴說而成，但你該對每個角色瞭若指掌。

再來是發生了什麼事？通常我們會說這是故事的情節（關於鋪陳情節這個難題，我們之後會談更多），但這個提問的內容也會跟其他提問有所重疊。故事中的事件會受到人、地和原因的影響。敘事者只會從他的角度描述發生的事，內容不見得可信（事實上，幾乎每個第一人稱敘事者都不可信）。每個故事中發生的事，可說是藉由光陰流逝而演奏出的人性樂曲。

接著要談敘事者是在什麼地方說故事？這是一個應付起來比較棘手的課題。你得想像出一個地方的地理環境，讓你的角色決定在這個地方訴說

故事。你要想像出角色定居的房間、城市、鄉間或船隻的明確樣貌。這些角色選擇在這些地方說故事，環境也會對故事的訴說方式造成關鍵性影響。光是壁紙都會影響我們的用字，桌子、窗戶、醫院病床、牢房、筆記型電腦，和錄音機的細節也不例外。

千萬別忘了——地點會對語言造成影響，之前的情況是如此，以後也不會例外。在伯明罕的監獄中說故事，跟在密西西比的河岸邊說的故事一定大不相同。在都柏林的艾苟斯街七號說的故事，一定和在蘇黎世某間妓院中說的故事很不一樣。因此，仔細考量你的角色說故事時的所在地。

再來，這些角色說故事的時間為何？就連一些頂尖作家都會忘記思考這個關鍵問題。比如角色記得的事件距今多久？畢竟訴說一個發生在昨天的故事，跟發生在十年或二十年前的故事，狀況一定相當不同，因為事件最戲劇化的一刻已在本質上發生改變，時間也改變了我們。你得決定角色

　　　　　　　人、事、地、時、過程及原因

是何時決定敞開心胸訴說故事，並在確定後百分之百以此為依歸。時間代表距離，距離代表觀點，觀點則完全決定你使用的語言。因此，把以上三點搞清楚，你才能掌握語言，再讓故事於看似真實的任何時間向度中開展。（不過第一人稱敘事確實不好處理，畢竟一個人怎麼可能在經歷一切的同時訴說故事？）你必須找出故事的關鍵時刻，那是運轉所有其他一切的樞紐。那個絕對關鍵的時刻發生在何時？世界是何時產生改變？時鐘的指針停在何時？

　　至於所謂過程，就是去問一切是「如何」發生的。故事是如何跟早已成為過去的一切連結在一起？故事是如何逐漸在世界中一步步開展？其中的事件如何發生？我們是終於逐漸記起一切，還是在事件發生的當下，就記下了那個決定性瞬間？

　　最後一個問題或許最難處理，也就是你是否清楚敘事者說故事的原因？任何人說故事一定都有原因，可能是想療傷、抹煞、竊取或重建，也可

能是想陷入愛河或揮別舊愛，又或者是想徹底殲滅些什麼，又或者是想逗引讀者的某種渴望。而就算敘事者說的故事只是為了逗我們笑，作者通常也不只是想創造娛樂。故事有其重量，故事可以把我們的孩子送上戰場，可以挖出我們口袋裡的錢，也可以讓我們心碎。

如果你能找出筆下角色說故事的真正動機，就會找到繼續說下去的理由。只要找出真正的原因，你就會發現掌握了適當語言，只待後續揮灑。那就心懷感激地出發吧。

人、事、地、時、過程及原因

找出結構

書不是獨立於一切的存在，書是一種連結，是無數關係得以開展的中軸。

—— 豪爾赫・路易斯・波赫士（Jorge Luis Borges）

○○○

所有虛構作品都具有某種內在組織，而其中最棒的就是表面上看不出來，但其實下了很大功夫的那種。書寫故事仰賴的是我們搭蓋建物的人類本能。本質上來說，結構就是收納內容的容器，你的故事會蓋成什麼型態，都是從地基開始慢慢往上建成，而最後蓋好的不一定是房子，也可能是隧道、摩天大樓、宮殿，或甚至是一台由筆下角色駕駛的旅行拖車。事實上，結構可以是各種樣貌，你只需要確定成果不只是地面一個華麗的大洞，就是那種一旦我們把自己埋進去，就再也爬不出來的缺口。

　　　　　　　　　　　　找出結構

有些作者會事先想好結構，再將故事按照結構形塑出來，但這通常是陷阱。你不該將作品塞入一個早已規劃好的結構，那樣做就像一句老話：想把六磅狗屎塞進容量五磅的袋子。

　　故事的姿態靈活，不易掌握；故事往往腳步輕快，偶爾又像名逃犯。因此，裝載故事的容器應該要有接納變動的柔韌性質。你當然該目光遠大，這沒問題，你該有辦法看到自己的目的地，或至少擁有一個關於目的地的夢想，但在此同時，你也得做好可能突然轉向、遭逢末路，或改變路線的準備。最棒的旅程就是不那麼確定路線的旅程，我們心中早有目標，但抵達目標的方式卻可以接受各種變動。有時你得全面廢棄早已展開的旅程，沿原路返回，再走上另一條不同道路。這真的很像尋找你想定居的國家、接著得確定是哪個縣市，再找出一片熱愛的土地。在這片土地上，你要蓋出一座你真的想住在裡面的房子。在建造房子的結構時，你必須成為掘地師傅、砌磚師傅、榫接木工、

石匠、木匠、水管工人、泥水匠、設計師、房客、屋主，而且沒錯，你還得成為閣樓上的鬼。

　　適切的結構可以反映故事內容，這種結構不但能乘載其中角色，也能推動他們前進。普遍來說，要能全面達成這項目標，通常是結構不那麼引人注意的時候。結構該是以角色及情節為基礎發展出來，本質上來說就是以語言為基礎。換句話說，結構永遠在形塑的過程中，你會一邊寫一邊發現結構該怎麼處理。每寫一個章節、每換一個角色說話，你都得問自己，這個故事是該一口氣講下去比較好，還是該分成好幾個段落？又或者該多用幾個角色來訴說？甚至是多用幾種行文風格？你在黑暗中蹣跚摸索，總在嘗試各種新方法。事實上，有時你甚至是要寫到一半，才會找到適合的結構，或甚至都快寫完時才發現，但都沒關係。你必須相信結構終將出現，而且會讓一切變得合理。

　　視角的選擇至關重要。你或許會希望房子裡有個黑暗的房間，那可能是嵌滿木板的圖書間。一

個特定的角色會把你帶進去，然後將營造出房間氣氛的語言交給你，比如窗簾、書桌、檯燈、床板下的祕密通道。這個房間必須反映那名帶你進去的角色狀態，並反映其他同樣定居在此的角色。你的角色可能會想要日光室、想要廚房有花崗岩製的中島、想要螺旋階梯，但也可能有角色光是待在堆煤棚就很開心。

去瞧瞧你們街區所有正在蓋的房子結構吧。你一開始一定會對那結構裸露貧乏的程度感到驚訝。去瞧瞧那一箱箱的合板、釘子，還有存在於其中的空氣吧，無論怎麼看，這些都不可能組成一個讓人們相愛相殺的所在。然後隔一週再來，再隔一週再來，讓那些物理上的變化衝擊你的心，因為本來看來不值一提的一切，現在都有了意義。

討論結構時，你常會驚訝地發現，偉大作家的作品都經過精密計算。別擔心，這裡說的「計算」不是什麼新概念。這些作家一開始也沒打算這樣寫，而是一邊寫一邊發現這個計算結構的存在。

正因如此，作家跟建築師不同，作家不受明確的通則規範，不受法規宰制。這種計算結構是由詩歌淬鍊而來，然而，這種計算也會阻滯詩歌的創作。

因此，你必須寫，然後調整，寫，調整，再寫，再調整，才會逐漸看到結構浮現。你下愈大功夫，結構就會愈清晰，並成為一個你能辨認的形貌：那是永遠不可能輕易塑造出的形貌。你所經歷的困境都是為了這個結果。

現在你有屋子了——或說堪稱屋子的構造——你可能會一下打掉某個房間，又在某處加蓋一座小塔樓，你可能重新讓一道階梯得以通往地下室，又或者改變煙囪位置。到了最後，你會擁有一個真正想定居的空間，然後你會在屋內遊走，這裡加一個門廊、那裡砌一道牆、這裡修整一個凸角、那裡調整一個部件、重新組織一切位置、搞定幾條雜亂的邊角、放入家具，並且打掃窗玻璃上的灰塵。

然後你得邀請客人來瞧瞧新家。你的讀者不

會想看地基、牆壁後方的電力配線，或甚至是一開始的建築計畫。那些是你該做的工作——或說早已完成的工作——那些是只有你明白的祕密。讀者該在這個結構中感到自在，無論那是間宮殿、小茅屋，或是一間船屋。

永遠別忘記，讀者幾乎永遠會以直線路徑穿越你搭建出的結構，就算作者在創作過程中跳過一些段落也一樣。因此，把你自己想像成讀者，帶著批判眼光四處觀看。風格夠大膽嗎？窗戶會太多嗎？你有蓋出從沒人蓋過的構造嗎？

到了最後，只有你知道關於創造過程的祕密。結構就是等在石頭中的那座雕像，你又切又砍地賦予那座雕像生命，而它終究會想辦法進入那座收藏好故事的博物館。只要先決定好語言，內容就能發展出適切形式。

最後提醒：你不用永遠住在那棟屋子裡，感謝老天爺！在寫作的人生中，沒有人會一直定居在同一個地方。你總會帶著槌子和釘子，再次出發。

關鍵要素：語言和情節

我認為，情節是好作家最後使出的殺手鐧，卻是傻瓜的首選。

── 史蒂芬‧金（Stephen King）

ooo

　　我們無論是老師、編輯、經紀人或讀者都常犯下一個錯誤，就是太常把焦點放在故事的情節上，但情節不是一部文學作品中最決定性的元素。情節有其重要性，這是當然，但卻是受語言支配的輔助元素。若是以開車來比喻駕馭一個好故事的過程，情節一定是後座乘客，因為發生的事件內容永遠不會比過程有趣，而這個過程取決於語言將其捕捉下來的方式，以及我們的想像力如何將語言轉化為推動故事的「行動」（action）。任何胖男人都可以從樓梯上走下來，但只有喬伊斯

可以讓氣宇非凡又胖嘟嘟的巴克・穆利根（Buck Mulligan）拿著一盆泡沫水走下樓梯，裡頭還插著一把鏡子和刮鬍刀。

所以演奏出屬於你們的獨特樂音吧，年輕的寫作大師，拜託了，要跟之前的所有作家都不一樣。停住時間、稱頌時間、摧毀時間，又或者讓時間慢下來，讓指針走的每一格或每一秒，都像延續了一小時或甚至更久。任意在過往光陰中漫遊、回播你的記憶、同時身處兩、三個地方、摧毀速度和位置的定義，總之就是讓什麼都有可能發生。你可以讓曾矗立於天際線上的高樓重現身影，你可以清掉密西西比河的所有淤泥。

現在這個年代，或許我們都染上渴望「情節」的病。但面對現實吧，電影有情節很好，但要是一部小說花太多心力在思考情節，反而會顯得窒礙難行。因此，降低故事中的情節重要性，仔細聆聽其中的潛台詞。每個人都能說出一個規模宏大的故事，當然可以，但不是每個人都能在你耳

邊美妙地低語。在影像世界裡，我們需要導致角色行動的動機，但在文學中，我們需要足以讓人不行動的矛盾。沒什麼能勝過一篇精彩描述了「不行動」的作品，也沒什麼能勝過你的角色被人生暫時癱瘓的一刻。

史上最頂尖的小說幾乎沒什麼劇情可言。比如一個男人的妻子外遇，他就在都柏林漫遊了二十四小時，過程沒發生槍戰、沒喝廉價烈酒，也沒人出車禍（不過確實有個錫製餅乾盒被扔出去了）。相反地，這部小說濃縮了各式各樣的人生體驗。但即便有這個例子存在，史上所有故事仍或多或少擁有一些情節（尤其是《尤利西斯》，這部小說的情節或許比所有其他故事更豐富）。

說到底，情節必須達到的目的，就是透過某種方式扭轉我們的心境。情節一定要有辦法改變我們，也要讓讀者意識到，我們是真實地活著。

我們必須關注事件的節奏及韻律，每個事件都環環相扣，而人心這個主題會因此在讀者面前

　　　　　　　　關鍵要素：語言和情節

輪番上演。什麼事都可能發生，就算什麼都沒發
生，那也是一種發生。而就算真的什麼都沒發生，
世界仍在改變，每秒都在變，又或者隨著你下筆
的每個字在變，而這或許才是最驚人的情節。

標點符號絕非可有可無的存在（逗號）

當我把一組不定詞分開寫時，天殺的，我就是為了拆開才這樣寫的。

—— 雷蒙・錢德勒（Raymond Chandler）

（節錄自〈一封寫給編輯的信〉）

○○○

說實話絕不會白費。說實話，標點符號絕不會白費。

標點符號可重要了。事實上，標點符號有時決定了句子的生死。無論是連字號、句點、冒號、分號、刪節號，又或者是括號，其實都是句子的載體。這些標點符號能為你筆下的文字建好鷹架。作家該懂文法嗎？是的，當然。當你寫「丈夫和

『我』」時，你得知道這個「我」到底是「me」還是「I」？即便發音一樣，你想說的到底是「他們的」（their）、「他們是／在」（they're）或「那裡／有」（there）？同樣的，你也要分清楚「它是」（it's）和「它有」（its or its'）的差別。你人哪啦？（Where you at?）和我超好，謝。（I'm doing good, thanks.）到底算不算正統用法？「朝向」的兩種寫法（toward, towards）到底能不能互通？

不要過於浮濫地使用分號，但如果運用得宜，分號可以成為效果更強的逗號。括號在小說中會招來太多注意力，此外記得向所有好作家的作品學習如何正確使用所有格。（哎呀說太直接了嗎？）千萬不要在句尾使用「at」。（抱歉得這麼直說。）盡量避免太常用刪節號，尤其在段落結尾，因為實在是有點太戲劇化……（你自己看是不是？）

這些文法規則也會隨時代改變：你去問莎士比亞、貝克特，或者在《紐約客》（The New Yorker）雜誌工作的那些厲害傢伙就知道了。本來

只會在街頭講的話後來也會進入學術殿堂，這就是規範性語法和描述性語法的差別。另外別忘記，若你的作品有機會出版（或者該說，當你的作品準備出版時），會有一位審稿編輯改掉你的文法錯誤，或至少提出一些修正建議，算是一道勘誤的最後防線。

就像詩人威廉·卡洛斯·威廉斯（William Carlos Williams）所說：實多方仰賴那台紅色手推車──尤其是當你走投無路時，只剩那台手推車孤零零地存在。

但話說回來，有時我們檢視筆下句子的態度也會過度嚴苛。優良文法會拖慢句子的速度──那台作為勘誤最後防線的手推車也不例外。一串完美順暢的文字讀來可能顯得生硬，因此，偶爾我們得當作「序列逗號」這種用法不存在，或者不把分詞修飾的對象寫清楚，就算手法粗糙至極也無妨，有時甚至還會故意犯錯。只要你能憑直覺分辨主要子句和從屬子句的差別，或許兩者之間的差別也

就沒那麼重要。你或許也想讓大家開始質疑首字母大寫的使用時機，比如維克羅（Velcro）和胡佛（Hoover）都是公司品牌的名稱，但用在句子中時，首字母小寫（velcro、hoover）看來或許比較對勁。有時我們寫的句子其實文法並不正確，卻能在讀者腦中奏響美妙樂音。因此，這裡的問題是：你是寧願做一位鳥類學家，還是一隻歌聲優美的鳥？

作家通常不是去理解文法，而是去感受文法的存在，這種能力是廣泛閱讀好作品的結果。只要閱讀量夠大，文法自然內建在你的腦中。到頭來，比起文法警察想矯正出來的樣態，真正重要的還是語言本身——是語言能運作出的燦爛舞步。

語言至上。

做研究：光靠 Google 是不夠的

在已知及未知的事物之間，存在著供人解讀的許多入口。

—— 阿道斯・赫胥黎（Aldous Huxley）

○○○

作品要寫得好，就得靠著做研究打好基礎，就連寫詩也不例外。我們必須去探索已知世界以外的領域。我們必須能瞬間置身於他人生命中，又或者是進入另一個時空，即便那一切離我們的生活無比遙遠。通常我們會想以性別、種族及時代作為書寫主題，而這需要先做好深入研究。

我們必須想辦法逼近被我們認定為未知的領域。我們必須想辦法讓自己擁有不只一種聲腔，而且必須公正如實。但我們到底要如何書寫他人的生

命？這些生命與我們差異甚大，至少表面上看來極為不同。我們該如何透過想像創造出真實的經歷？我們該怎麼超越自身限制？

這些問題的一些答案，是要透過全面、深入又符合道德規範的研究才能獲得。

是的，Google 搜尋引擎有幫助，但這個世界比 Google 能呈現的深奧多了。搜尋引擎可以替你點亮一根蠟燭，但無法照亮世上所有圖書館，而那些書畢竟是在各地圖書館中存在、生活、呼吸，又或者彼此爭論，有時候甚至還是在積滿灰塵的地下室。所以，直接去圖書館吧，去查詢圖書館目錄，親臨收藏地圖的區域，打開一盒盒相片。圖書館員最愛的莫過於有人問他一個幾乎無法回答的問題，他們可是替你找出專家的專家。

如果你想了解跟自己迥異的生命經驗，比較好的方式是，你至少得試著間接去了解。去街上閒晃，跟路人聊天，表現出對人的興趣，你要學習如何去聆聽，也給予你的耳朵去適應不同言論的緩衝

期。若你要寫的是一個不同的年代，你至少也得知道那個年代對我們造成了什麼影響。假如你想了解，比如說，一九四〇年代生活在佛羅里達州的一位西班牙裔造船工人，那麼，你可以先去圖書館查資料，之後若有機會還能直接去佛羅里達州，找一間造船廠到處問人，再找出認識某人的某人，又或者是對某人有印象的某人，就算都沒找到，經過這段過程，你仍可以靠想像力找到某個需要的角色。只要你試過夠多把鑰匙，就勢必有辦法解開那道鎖。

你必須找到那個關鍵而絕妙的細節：細節愈明確愈好。美國作家威廉・加斯（William Gass）曾說過一句很美的話，他說作家會發現自己孑然一身，但又充滿無限可能，此外他也曾有一次呼應莫泊桑的概念表示，如果我們在書寫一只菸灰缸時，無法將其描述成世間絕無僅有的存在，那就不該寫出來。

藝術就是理解世界的一種形式，作法就是將

世界放到顯微鏡下，放大所有細節。各種小小的含義都為讀者揭示了不同巨大含義的脈動。反正我們大多數人都活在極微小的世界中，而生命粒子愈小就愈顯神祕。去探詢每一夸克的氣味、顏色和旋轉方式吧。一旦掌握愈多奧祕，就愈有機會掌握作品的美好。而就跟上帝存在於每個細節一樣，魔鬼也是。

請記住，一旦你沒把研究做好，作品很可能失敗。有些時候，太多顯而易見的細節會汙染我們的文本。有一些留白通常是好事，這樣讀者才會為了填補空白而發揮想像力。時時問自己：到底要做多少研究才夠？不要用一堆提供「事實」的細節來腐化你的文本。「事實」全像是些唯利是圖的傢伙，可以輕易遭到操弄、裝扮，也能隨時遣送他處。透過文字組織出來的「質地」比「事實」重要多了。

把焦點放在足以反映世界的一個微小細節上，關鍵在於找到一個或許只有專家才知道的古怪細

節，那會成為足以反映整個結構的細小原子。找出這個細節、使用這個細節，但不要讓它獲得太多關注……這是足以讓所有研究奏效的神奇配方。你得表現得像個專家，就算在專家眼裡也得有模有樣。

於是透過研究，你對細節投以關注而累積的效果，才足以讓你的作品演奏出美妙而獨特的樂音。

▋ 別照搬陳年老句來用

「我整天都在認真寫《尤利西斯》，」喬伊斯說。「這代表你寫了不少嗎？」我問。「就寫了兩句，」喬伊斯說。「你在尋找最貼切的字詞嗎？」「不是，」喬伊斯說，「我字詞都找好了，只是在確認排列成句子的完美方式。」

—— 詹姆斯・喬伊斯、弗蘭克・布根（Frank Budgen）對談

○○○

你寫作品的態度，要像是把每個句子仔細斟酌過，才一句句送到讀者面前。就算是寫散文也該像寫詩一樣下功夫。你寫下的每個字都至關重要。你必須測試不同節奏，確認文字精準度，注意準押韻、頭押韻，和尾韻，另外也得注意作品內在的前後呼應。不停改變下筆的招數，像是不停改變舞步。聆聽你的文字，聽它們如何將自己創造出來，千萬別讓文字成為電梯播放的背景音

樂。若要讓自己獨樹一格，你得有進一步驅策自己的能力。

　　寫作一定有其局限，但無論如何，你的作品中不該出現連一點指示功效都不存在的句子。在逼近風的地方航行，想辦法買到剛出爐的新鮮麵包，但也永遠別忘記，有些隱喻若是過度使用會失去生命力。拜託別再寫什麼「熱淚盈眶」，別再寫「奶白色大腿」，別再寫一堆夢境，就連「血紅色夕陽」也別再寫了。另外也別把一大堆過往文學作品引用在自己作品中，又不是在選購紀念品。你應該讓你的角色毫無包袱地走自己的路，讓這個角色跳躍、消沉、小跑步或蹣跚前行（並時不時地意識到，有時「走」本身就能完美描述你要說的情況）。

　　請記住，過度花稍的字詞不見得比簡單的字詞更有力道。字詞的重複 —— 如果重複的次數夠多 —— 能帶來正確效果，問問海明威（Earnest Hemingway）、查特文（Bruce Chatwin）或麥加

恩（John McGahern）就知道了。找出讓你驚喜的句子，再加入更多驚喜，好讓句子更令你驚豔。

　　把人們之前從未想過可以撞出火花的字詞放在一起，這能顯得我們獨特。有時你可能會花幾星期寫一個句子，甚至幾個月，我可沒開玩笑。

　　有時候，在一連串超凡的句子之間，插入一個真的非常平庸的句子，又或者在許多平庸句子間插入一個非常厲害的句子。又有些時候，當一個句子被故意寫得很無聊時，你也必須尊重它的定位。

　　無論怎麼做，都要讓一切源自於你這個人。你可以模仿，但不要複製，就算模仿時也要能擺脫原作者聲腔。只有卡佛可以寫得像卡佛，你只能運用卡佛的元素再創造。你可以去改動原本看來無法改動的句子。

　　然後把這些句子送到你深愛的讀者面前，彷彿每個句子都是一封情書。

▌ 培養對未來抱持希望的習慣

在破碎的世界中尋找美，就是在我們尋得的世界中創造美。

—— 泰瑞‧坦佩斯特‧威廉斯（Terry Tempest Williams）

除了身為作家之外，也去感受人生是值得活的。培養對未來抱持希望的習慣。無論世間可見跡象顯示為何，都容許自己去感受一點快樂。其實，只要有機會，就試著去創造人生值得活的證據吧。

▎沒有所謂的文學奧運比賽

小說若要成功，故事本身一定得比作者更有智慧。
—— 米蘭・昆德拉（Milan Kundera）

○○○

　　你寫作不是為了跟任何人競爭，文學圈沒有所謂的奧運比賽。就算有一些文學比賽暗示作品可以排名，但想像可以摘取文學奧運金牌、銀牌或銅牌毫無意義。你很快就會發現，到了比賽最後，你們追求的概念並不包括「頂尖」，不過確實接近「更好」。你想要的莫過於寫得更好，如此而已。

　　你該把精力全數投注於自己的作品上。別人無論是成功或失敗，都無法讓你的筆尖冒出一個新句子。只因為別人獲得了一篇讚譽有佳的書評，

也不會奪走你之後受評論者讚揚的可能性：又不是說世間的好評有限量控管。只因為別人寫出一本好書，不代表你寫不出一本好書。只因為他們的寫作生涯有了很好的進展，不代表你的機會就會因此變少。

就算聽到別的作家說你壞話，也不要說他們的壞話，隨他們去吧。他們只會在隔天清晨感到喉嚨痠痛，而另一方面，你則有機會高歌出一、兩個音符。沒有必要復仇，寫出一個好句子就足以復仇。

如果你寫作是為了打敗某人，寫作時就會跟對方產生若有似無的呼應。你必須看到這種連結，去讓這種連結消失。

相反地，別成天宣揚你的自尊心，保持謙卑，眼神直視目標。若是對方值得稱讚，就好好稱讚。如果對方不肯停止攻擊，盡可能阻止自己開口回擊。

這不代表你不想表現得比其他人好 —— 你的

目標之一就是要表現得更好，但必須透過更好的手段。你應該督促自己與自己競爭，態度強悍但誠懇。如果你想出拳，就先朝自己下巴打一拳：大概體會一下那是什麼感覺，然後放下原本的執念。

你人生中最強的毀滅性武器，很可能就是那個沒寫出來的故事。如果你不寫，你就不是個作家。你逃避的是跟自己對決的那場比賽。道理很簡單，只要看到頁面一片空白，你的胸口就像遭到一記重拳直擊。太多空白不是好事。空白就是空白，而且會在你腦中陰魂不散。

不過，也別因為總是想太多而動不了筆，這樣也是對自己過於苛刻。你要明白：所有作家都可能至少寫出一本糟糕的作品，我們大多數人甚至寫過很多本，但就連爛書也是你的成就，不是什麼世界末日。其實這就是自然界的規律之一。你隔天早上還是得起床，接下來的每個早上也同樣得奮起。

青年作家呀，你還能這麼信心滿滿，認定早晨永遠會到來的日子不多了，很快也不能再像現

沒有所謂的文學奧運比賽

在一樣樂觀了。因為，無論你喜不喜歡，青年作家最後都會變成老作家。這就是後浪推前浪，這就是自然韻律的禮讚。

幾歲算是青年作家？

相信人們明白世界是如何運作，只不過是在狂野的時間國度中，歷久不衰又可笑的形上殖民主義。

—— 羅麗·摩爾（Lorrie Moore）

○○○

幾歲算是青年作家？十七歲？六十歲？四十六歲？誰在乎呢？青年作家中最年輕的那群人，總是想在十八歲前出第一本書，不然至少也要在二十五歲前，這是個高尚的抱負，誰都不該摧毀這想法，但要是你沒達成這項目標，也別大驚小怪。三十歲才出也沒問題，五十歲也不錯。就算六十四歲出第一本書，那也跟任何年紀起步一樣好：就想想法蘭克·麥考特（Frank McCourt）吧。還有，九歲時出書也不賴唷。

永遠別忘記，青年作家無法停止光陰的流動。

（我們只有在寫作時才能做到這件事。）只因為他們比你年輕，不代表他們能一直享有這項優勢。給自己一些壓力很好，畢竟你和自己的競爭正是起源於此，但怨天尤人就不行了。你不能一天到晚覺得自己太老了，或者已經錯過大紅大紫的時機。你不能放棄。沒什麼比一個有才華的作家覺得人生充滿悔恨還糟糕，尤其是這份悔恨造成的打擊還讓他從此噤聲不語。即便所有人早以為你放棄了，你還是可以重拾寫作。這就是寫作最美好的地方。你其實就是另一種形式的運動員，只是你的心靈不用退休，所以，準備好隨時重新上場吧。再次奮起、洗刷恥辱。每天早上早一個小時起床，扎扎實實地寫作，就算得祕密進行也不能退縮。

　　如果有比你年輕的作家獲得出書機會，你可以沮喪，但還是得去書店，拿起那本書，盯著書衣上的介紹，細讀作家的簡歷，然後因為崇拜對方而低聲咒罵：該死，她還真年輕。然後再跟自己說：那又怎樣？你要帶著重新被點燃的鬥志，

回家，繼續寫。

　　說到這裡還有另一個建議，是要給那些覺得自己已經脫隊的作家：別把你在寫書的事告訴太多人。別讓他們有機會問你書寫完沒，也別讓他們在派對上拿這件事來折磨你。幾乎沒有比這更糟的提問了：你那本書現在進行得怎樣了？（第二糟的就是聽說有人真的寫完了一本書。）大多數人搞不清楚寫完一本書要花多少時間，所以你就說「快好了」就好，就算其實還早也沒關係。

　　總之持續寫作、持續調整，最後總會寫出來，甚至可能比你想像的更快達成目標。

幾歲算是青年作家？

別做個渾蛋

人類生活中有三件重要的事：第一，善良，第二，善良，
第三，善良。

—— 亨利・詹姆斯（Henry James）

○○○

　　嘿，就是你，在角落那位，對，就是那個笑
得很蠢的傢伙。別轉頭，我認得那種笑，我以前
臉上也會帶著這種蠢笑。聽好啦，對，就是你，
明明在偷聽卻假裝沒在聽的傢伙。別一天到晚把
自己幻想得多浪漫。聽見了沒？對，就是在那邊
下巴抬很高的傢伙。聽好了，不要自我沉迷。

　　當一個作家不是成天嗑古柯鹼、混白馬酒館、
吞點迷幻藥、看法國瘋馬秀、來管鴉片酊，又或
者是縱情於深夜的瓶裝啤酒狂飲大會。作家追求
的不是成天宿醉、在倉庫開派對、挑選書衣照片、

　　　　　　　　　　　　別做個渾蛋

思考臉書該寫什麼貼文，又或者整天在推特上報告一堆沒人想知道的瑣事。當作家的重點不在於你穿戴什麼襯衣、帽子、圍巾、白色西裝，或是其他任何矯揉作態的裝扮，恕我直言。作家不是追求鎂光燈、沾沾自喜，也不是成天為自己加油打氣就行。

到頭來，除非有作品出來，沒人在乎作家的生活。作品才是真正的重點，是一切的目的。是文字中呈現的一切讓你的人生顯得有趣。

有太多青年作家把自己的定位放在「作家」這個身分上，而不是他們寫的作品。認命吧：一切都是文字見真章，所以不要到處以作家這個身分招搖，沒什麼比自我沉迷的作家更糟了。別突然出現在一場派對上，只為了宣布自己又找到全新的靈感。別跑去寫作工作坊喋喋不休地大講自己新寫的震撼開場。別讓眾人的注意力都放在你作為藝術家的人生上，更別讓他們認定你是一位「演藝專業人士」。如果有人真心想知道，他們會主動問你，不然你別主動談起，或至少該等到真有

訴說渴望時再開口。

別誤會我，我不是在擁護一種毫無犯罪紀錄、酒櫃空空，而且行為舉止都得一絲不苟的生活風格。你不需要行止得宜，也不需要時時刻刻保持清醒（但至少寫作的時候別喝醉，拜託，別落入酒精的陷阱）。你不需要對誰卑躬屈膝，也不用向誰磕頭，更不需要聽老作家滔滔不絕地廢話連篇。其實，你就別管我寫的這封信了 —— 滾吧，滾得愈遠愈好，去寫作吧。把這封信撕了，去寫自己的作品，自己去看需要付出多少代價。作家得寫作才算作家。

但首先請讓我先給你們一個五字建議，這是據我所知最神聖的建議：別做個渾蛋。無論是在派對、書店、字裡行間，還是你自己的腦中，請都別辱罵別人。請別汙辱你的同行、別向他人吹捧自己、別把所有酒喝光、別抱怨沒人聽你說話，也別漠視你的朋友。別自以為是地笑、別自以為高人一等、別不把謙卑當一回事，並任其發展為傲

慢。別在他人要求你別抽菸時抽菸，別把銀器從陽台往下扔。別八卦、別在地毯上嘔吐，別對派對主人無禮。別表現得紆尊降貴，別把伴侶丟在困境中不管。別大談你的合約，也別聊起你的生涯進展。別嘆氣、別打呵欠、別犯眾怒、別隨意打發別人。別打量派對中所有人、別說謊，也別皺眉。別無意透露自己加入了大出版社，別不停誇耀自己的成就。別擺出一副可以施恩於人的姿態，別羞辱人。總之就是千萬、千萬、千萬別做個渾蛋。

不過還是要說，你人也別太好（至少別在小說中太好）

別失手寫出完美的角色⋯⋯讓他們保有複雜的人性、人性、人性，別讓他們淪為象徵符號。

—— 厄尼斯特・海明威（Ernest Hemingway）

○○○

　　托爾斯泰說，幸福的家庭都很相似，但不幸的家庭各有不幸的樣子。所以問問你自己：你是否讓你的角色太善良了？他們是否太真誠？你有賦予他們一些惱人的特質嗎？你有將他們「缺陷化」嗎？他們是否擁有一些真實或糟糕（又或者糟糕得非常真實）的性格？他們的心魔是否能讓我們感同身受？

　　我們的角色必須擁有專屬的性格指紋。不要

怕把他們推入困境。他們可能是刻薄或不可靠的人，也可能是種族主義者，他們可能寂寞、迷失、愚蠢，還把生活搞得一團糟 —— 就跟我們其他人沒兩樣。畢竟這就是真實人生的樣貌，又或者是透過創作重現的真實人生。

還有，別讓你的角色孤立無援。別讓角色淪為反映單一概念的存在。任何隱喻背後都得有扎實基礎。

至於你的人生（其實也就是你的小說內容）永遠可能出現意想不到的困難。你可能會為了許多事怒火中燒、可能離婚，也可能在街角跟人爭執。你可能遭遇彷彿得穿越滿地狗屎的大量爛事，例如他人的不誠懇發言、欺瞞、背叛，或兩面討好的狡詐手法。想辦法習慣吧，這就是人生。

這一切可能成為你的小說素材，也可能不會，但可以確定的是，你無法否認一切的發生。你只能繼續書寫，繼續用人生創造人生，用肋骨創造肋骨，用缺陷創造缺陷。

失敗、失敗，再失敗

沒關係的。就再試一次、再失敗一次，但失敗得更漂亮。

—— 山繆‧貝克特（Samuel Beckett）

○○○

貝克特說得最好，這話值得反覆誦唸：「沒關係的。就再試一次、再失敗一次，但失敗得更漂亮。」

失敗很好。失敗代表作者擁有野心、勇氣，以及無畏心態。一個人必須要勇敢才能失敗，如果早知道會失敗，那需要的勇氣就更大了。超越自己的極限。真正的大膽無畏是明知信箱裡又躺著一封退稿信，但仍勇往直前。別把信撕掉，也別燒成灰，應該拿來當壁紙。把信保存下來，時不時拿出來重讀，心中同時也要明白，這封信再沒多久就會成為值得懷念的過去。這封信會泛黃、捲曲，

　　　　　　　　　　　　失敗、失敗，再失敗

而你會記住曾將文字拋擲出去，卻彷彿只在眾人耳中敲擊出一片沉默的感受。失敗能讓你重獲力量，讓你知道你能做得更好。失敗催促你在早晨起床，也促進你的血液循環，讓你興奮地鼻孔放大。失敗會告訴你：去寫一個野心更大、品質更好的故事。

到頭來，真正的失敗只有一種──就是沒辦法去失敗。懂得嘗試才是真正有勇氣的作為。

銘記在心：失敗是能讓你醒腦的一抹易燃硫氣。所以就吸進所有硫氣，點根火柴。

閱讀、閱讀，再閱讀

寫作的人不閱讀，就像駕著一艘小船獨闖大海，實在孤獨又危險。難道你不會希望看到遠方的海平面揚滿船帆？若是附近能有幾艘船一起航行，你們可以欣賞彼此的技藝，在適合自己的不同尾流間穿梭，心中清楚自己也能留下獨特尾流，再加上世間擁有夠你們所有人享用的風力和空間，這樣不是更好嗎？

── 蒂亞‧歐布萊特（Téa Obreht）

○○○

　　要是知道有多少作家已經不讀書了，你一定會大感驚訝，特別是那些年紀較長的作家中，有些人覺得唯一值得讀的就是自己的作品。他們的閱讀範圍大幅縮減，因為相信自己讀夠多書了，現在有餘裕好好休息，不必再費力向外探索。他們關上窗簾，把自己扔在屋內的沙發角落，任由書架

的陰影籠罩自己。他們偶爾翻幾頁書就累到不行。他們背棄了好奇心，注意力只用來聆聽自己筆下的話語。他們忘記能在他人身上發現的寬廣世界，但請原諒他們吧，也原諒我，我們都已忘記身為青年作家的感覺了。

於是在我再次忘記前，讓我告訴你，青年作家必須多閱讀，青年作家必須讀個不停，而且不能設限，要挑戰各種主題，並持續閱讀下去。這事乍聽容易，其實不然，就連我想要簡單解釋都不容易。青年作家一定得拿到什麼都讀，無論是那些在書架上召喚讀者的經典老書、老師推薦的大部頭作品、被人扔在地鐵座椅上的廉價刊物、火車站內被人讀到邊角都翹起來的老舊小說，又或者是在歷史悠久的度假別墅中發現的精裝老書。總之就是閱讀、閱讀，再閱讀。你的腦子伸縮自如，其中得以承載的實在太多，所以讀的書愈難愈好。你的閱讀範圍愈廣，作品就能發展得愈靈活。

挑戰你自己，別待在舒適圈內。找出一些讓

他人迷惑的主題。其實，處理難題帶來的最大喜悅，就在於那個艱困的過程。

　　青年作家也要讀同代作家的作品，青年作家要生吞活剝地、滿心忌妒地讀那些作品。她必須走進書店，花上好幾個小時又是讚嘆又是沉思。她必須翻到最後的作者簡介，讀得怒火中燒，該死，這個作者跟我來自同個家鄉。該死，他們怎麼把我想講的話都講完了？是的，青年作家該為此生氣，但不要氣太久。閱讀不是為了跟他們比較，而是激發自己的渴望。（畢竟他們沒有搶走你的工作，你的工作只有你能做，其他人無從插手。除非你的作品是張 IKEA 買來的椅子，不然誰能幫你完成正在進行的文學藝品？）

　　青年作家該去圖書館內蒙塵的書架間閒晃，去用手指撫摸那些書。順從你的直覺，你會驚奇地發現，對的書會自動找上你。所有不同風格的文學語言都內建某種導航裝置，於是跟愛情不同，世上總有一本命中注定的書等著你。你隨時可能

找到那本書，因此必須保持心胸開放，而等你翻開那本書時，就能見到其中浩瀚無涯的聯想空間。世界彷彿裂開了一個新通道。

閱讀是為了點燃你的熱情。閱讀是為了卸除那些不假思索的既有認識。你之所以閱讀，是因為在身邊的人當中，你是那個最勇敢的笨蛋，你願意踏上那趟深入探索迷惘的旅程。當一本書對你起作用，你立刻就能感覺到，耐心等待就是了。

如果一本書能讓你既興奮又困惑，那就對了，繼續往下讀、往下讀，往下讀就是了。絕對的一致性缺乏想像空間，困惑反而是一種真誠的反應，通常也會隨之引發改變。但有些時候，你也要能丟掉這些令你迷惘的情緒。人生苦短，你不該浪費生命去喝烈酒，更不該白花時間讀爛書。隨時準備好放棄你在讀的那本書，但要確保已經好好給過這本書機會。

好書可以顛覆你的世界，也會由裡到外改變你的寫作。散文作家該讀詩，詩人該讀小說，劇

作家該讀哲學作品，記者該讀短篇小說，哲學家該什麼都讀。事實上，我們每個人也該什麼都讀，畢竟沒人能不靠彼此的努力而成功。

我曾聽青年作家表示他們沒時間閱讀，很可能是因為他們花了大把時間在對各種議題大放厥詞。聽我說，青年作家，說你沒時間翻開一本書實在荒唐，認為閱讀會占用太多時間也極為可笑，更令人難以想像的是，我們身邊就有眾多頂尖又困難的作品，你卻不想試著讀讀看。任何青年作家的未來發展，都是仰賴馬奎斯（Gabriel García Márquez）、吳爾芙（Virginia Woolf）、蓋迪斯（William Gaddis）、韓森（Ron Hansen）和加斯（William Gass）這些作家奠下的基石，而傳承的過程必須透過閱讀。我們是因為他們的作品，才能真正訴說自己的心聲。我們因此發現大師之所以為大師的原因，並為了發展屬於自己的大師級技藝，去模仿、呼應他們的作品，期盼得以穿越大峽谷般的鴻溝，跟他們一起加入經典作家之列，或表現出如同加農砲的

　　　　　　　　閱讀、閱讀，再閱讀

爆發力 —— 又或者同時達成以上兩個目標。

　　但如果不閱讀 —— 尤其不嘗試挑戰那些理應較難的作品 —— 你是寫不下去的。所以快點動身吧，撕爛這封信，找個角落，翻開一本書，去讀你能找到的最難作品。瓊・蒂蒂安（Joan Didion）說，我們跟自己說故事，是為了要好好活一次。所以，透過閱讀盡可能多活幾次吧，每次不同，一次又一次。

欣喜放肆

若要欣喜放肆，就去讀喬伊斯 *。

* 此為諧音哏，rejoyce, read joyce。

寫作是一種娛樂

黑暗時代中，所謂「好藝術」的定義，似乎就是能找出仍在黑暗中發光的人性及美妙元素，並試圖將其起死回生的作品。

—— 大衛・福斯特・華萊士（David Foster Wallace）

○○○

永遠別忘記，藝術是娛樂。你有用寫作反映世界的責任，沒錯，但你還有一項責任，就是為這個世界帶來一點光明。

將尼采的一句話掛在牆上：我們有藝術，才不會被現實壓垮。

往下探入深淵，但不要忘記帶火把，我們需要一點火光才能閱讀。讓你的作品多采多姿、充滿樂趣，別搞得枯燥乏味。讓思想活躍起來，並保持心胸開闊，才能擁抱各種可能性。對所有可能快

樂的機會興味盎然。頂尖的作品能讓人坐直背脊，深受吸引，並能讓我們——無論時間多短暫——很高興我們還活著。

休息一下

什麼事都可能發生，最高聳的塔樓可能被推倒，身處高位
之人也可能擔心朝不保夕。

── 謝默斯・希尼（Seamus Heaney）

○○○

　　每隔一段時間就休息一下，去放個假，除了
筆記本外什麼都不帶。想辦法學習再次愛上寫作。
就這麼放掉一星期或更多進度，別因此恐慌，你
猜怎麼著：那張空白頁反正一直會在。

誰是你的理想讀者

無論是作者或讀者，只要你夠幸運，就能讀完短篇小說的最後幾句，然後靜靜地坐一會兒，就一會兒。

── 瑞蒙・卡佛（Raymond Carver）

○○○

歸根究柢，你就是你的理想讀者。你終究是需要承擔所有責任的人。你必須準備好聆聽自己隱藏最深、也最具批判性的一面。當寫下一個段落時，試著想像幾十年後的自己再次閱讀這篇作品，是否還能看見其中的價值。試著想像受過更多光陰洗禮的自己會怎麼看。你的故事禁得起未來的你檢驗嗎？未來的你讀了會難為情嗎？背脊會一陣發涼嗎？你會不會想：我做得對嗎？你會不會想：我有沒有傷害了誰？

對自己仁慈，但也對自己嚴厲。要記得，任

何蠢貨都能輕易拆毀一棟建築，但一開始要把建築蓋起來，需要的卻是真正的技藝。

如何找經紀人

我對寫作所知不多，其中之一是這樣：揮霍所有、想說就說、盡情玩樂、寫到失控，你必須毫無保留，而且沒有一次遲疑……付出你的一切，現在就做。

—— 安妮・迪拉德（Annie Dillard）

○○○

　　如果每次有人問我如何找經紀人，我就能得到一美金的話，現在的我已經不需要靠經紀人賺錢了。寫作需要經紀人嗎？是的、絕對，而且（大多時候）無庸置疑。要找到經紀人並不難，但對的經紀人才能改變你的人生。

　　首先，找一位你景仰的作家，最好是比較年輕的作家。這位作家必須已有合作的經紀公司，而且正準備再創寫作生涯高峰。去找出對方所屬的經紀公司，這不難 —— Google 搜尋就是這麼神奇，

或者你可以瀏覽對方作品中的致謝詞，又或者去作者網站上的受訪文章中找線索。寫封信或電子郵件過去，信中表現得俐落又大器：說你喜歡他們旗下的作家，其中尤其有一位似乎為文壇注入了新氣息。稍微介紹一下你的背景，包括你的基本資訊、就學經歷，還有目前已發表或出版過的作品。問他們願不願意試讀幾頁，若願意的話可以自己美言幾句。吹捧一下你的能耐，真的沒關係，經紀人很習慣了。（一定要說你正在進行一部小說，即便你目前還沒開始也一樣。）表現得聰明、有自信，但絕不要廢話連篇。

如果經紀公司回信了──先別期待任何人會回信──也請別立刻開始慶祝。你應該打電話過去、親自前往拜訪、確認他們的狀態，並且多問問題。你最需要認知到的事實是：是你要雇用他們，不是他們雇用你。有些經紀公司可能會讓你覺得自己就像被輓具緊套住的馬（寫作生涯初期尤其可能如此），但事實是，唯有能在被輓具套住後

仍感到自在，才能讓你真正獲得自由。

　　一個好的經紀人不會搞出一大堆規則，而是任由各種規範自然形成。他們的工作是做出商業決定，降低稅務影響，跟編輯、出版商和記者聊天，轉寄邀請，還要想辦法排除一些想方設法跟你接觸的瘋癲傢伙。他們要為你接工作，也為你打氣，沒錯，他們可以在彈指間改變你的人生，而且，沒錯，他們可以為你賺大錢。但本質上來說，只有你是你的經紀人，因為最後重要的還是你為作品形塑出的文學語言。

　　你該全權掌控你的作品。別為了經紀人改動字句，除非你心底清楚對方說得沒錯，但即便如此，你也要確定自己沒有妥協，畢竟這終究是你的作品。經紀人這份職業的本質就是希望多賣一點書，但好賣的作品不必然能唱出具有生命力的樂音（不過若是一個真正厲害的經紀人，是有辦法又讓你的作品大賣，又讓作品展現生命力）。

　　聆聽經紀人的意見，但也要成為足以代表自

己的經紀人。這需要大量仰仗你的直覺、一點品味，以及極度謙卑的心態。

別忘記經紀人會抽成，比例最高達到百分之二十，所以一個好的經紀人應該要有辦法比你想像的再多帶來百分之二十五收益。心甘情願地支付這筆費用，別質疑他們列出的支出明細，別擅自猜想他們的意圖，也別抱怨或偷偷說對方壞話。你的經紀人應該要跟你站在同一陣線，如果他沒有，別忘記你才是他的雇主，解雇他。你問我是認真的嗎？是，解雇他，我就是叫你解雇他。（但要先找到另一位經紀人。）

請記住，寫作終究是你的工作。是你每天到勘挖現場，把一桶桶的文字從地底拉出來，只有你知道自己必須為此付出多少代價。相信你身為作家的直覺，你知道什麼具有真正的價值。不只要讓裝滿錢的口袋鏗鏘作響，你的作品也該要能大鳴大放。

那麼，現在就去寫作吧。

要是沒有經紀人呢？

通往絕望的道路，是因為拒絕任何新體驗而鋪成的。

—— 芙蘭納莉・歐康納（Flannery O'Connor）

○○○

但要是我沒經紀人呢？那也別絕望，繼續寫就是了。把你的屁股緊貼在椅子上，一字一字繼續寫。做你愛做的事，為生活奮戰，堅持不放棄。找出你喜歡的雜誌或期刊，翻到版權頁，找到編輯的名字，想辦法得到對方的電子郵件地址，寫封信過去。那會是一封私人信件，一封真心誠意的信件，而且要展現你的個性及風格。去問對方是否願意讀你的作品，不用害怕，但要保持禮貌、謙卑及和善的態度，同時以自己的成就為傲。反正浪費的頂多就是寫在信裡的那些字，還有花費的一點時間而已。把信寄出，忘了這事，開始處理其他工作。別呆坐在那裡

等、別執著於對方的回信、別在電話旁苦苦守候，也不要老是想用滑鼠點開收件匣，甚至也不要抱持希望。光是寫完這封信，你就已經幹了件大事。

你猜怎麼著？就算被退稿沒什麼大不了，這事大家都經歷過。（我的廁所牆上就貼滿退稿信。）幾個月後再試一次。別因此而受傷或變得易怒，下次去信時保持幽默感，提醒對方曾寫給你一封精彩的退稿信，然後還是若無其事地附上你的稿子！盡可能多寄作品給你熱愛的雜誌，一次寄不行，就不停再寄！先接受投稿的編輯就贏得刊登的權利，但不要為了一己之私在不同雜誌間操弄對立，也不要討價還價或大談條件。

每天都去信箱收信，告訴自己壞消息能讓好消息的滋味變得更甜美。總有一天會有經紀人來敲門。（順道一提，無論是再沒沒無名的雜誌，他們都會讀。）

大膽一點，開創自己的特色。若是沒想辦法超乎預期，就不可能寫出好作品。

找到正確的編輯

寫作無法沒有讀者。這就跟接吻一模一樣——你沒辦法自己一個人來。

——約翰・齊佛（John Cheever）

○○○

傑出的編輯太珍貴了。對方或許是你的摯友、你的同學、跟你一起參加寫作工作坊的同行、你的丈夫，又或許是另外雇來的人。對方也可能是雜誌社或出版社的編輯。無論如何，一位好編輯必須是你信任的人。你必須給他們工作的空間和時間，也必須仔細聽他們說的話，並在聽取意見時表現出謙虛受教的模樣。此外儘管說來簡單，但你得尊重他們，卻也不用每次同意他們的說法。你跟編輯的關係要好，關鍵在於你能夠觀察對方如何重塑自己的作品，也在於他們有辦法接受自己犯錯。評估他

們說的話，嘗試他們編輯過後的文句，也嘗試把他們編輯過的內容拿掉。大聲讀出來，反覆讀出來，就算最後沒用他們編輯過的版本，也要表示感謝。

如果你很幸運，成功將一本書或單篇作品賣給編輯，可別立刻忘了對方。這位編輯可能是雕琢你作品的恩人。當對方的建議送到你面前時，記得心懷感激，而且要記得對方不只是編輯了你的作品，還幫你協調了出版過程的所有工作。她負責將你的作品到處寄送，邀請別人寫推薦語，她也去參加作品的行銷會議，卻頂多在旁觀你受稱讚的時候分得一點讚美。而若是你沒有獲得讚美，她也跟著難受。

編輯知道鎂光燈聚焦於何處，卻選擇躲在暗處，選擇擁抱這片陰影。

所以，時不時給你的編輯送點鮮花吧，給她一些驚喜。

▌ 用（自己的）全新眼光閱讀寫好的故事

我在書中希望訴說的，一直以來希望訴說的，就是對世界的愛。

—— 埃爾文·布魯克斯·懷特（E.B. White）

○○○

寫作可能耗盡我們的心力。我們跟自己的文字相處太久，有時會忘記初次閱讀才可能有的感受。通常來說，我們需要和作品保持一點自由呼吸的距離。

寫完一個故事或一首詩後，試著先把作品放到一邊，等一、兩個星期過去，才有辦法再次用全新眼光閱讀。暫時寫些別的作品，相信抽離的好處，並記得享受這種孤獨。

等休息夠了，準備好重新認識自己的作品時，記得同時帶著喜悅及戒慎恐懼的心情。給作品一個標題，在作品前加一段卷首語，印出來，裝訂，夾在手臂下，帶去某個公共場所，藉此確認這部作品不只存在你個人的心靈中。上街去，找到可以讓你帶書坐下的公園長凳、咖啡廳或圖書館。假裝自己是從未見過這部作品的讀者，看到自己的名字印在上面時也要假裝驚訝。從頭讀到尾，只在頁緣隨手做些筆記時停下來。對自己誠實：書裡還有什麼令你興奮的元素嗎？作品本身有發展成正確的模樣嗎？這是一部可以帶回去繼續寫的作品嗎？你有賦予這部作品靈魂嗎？你有更喜愛這部作品了嗎？

　　還是應該放棄這部作品了呢？

徹底放棄你的作品

必須在看不見陸地很久之後，你才可能發現新大陸。

—— 安德烈・紀德（André Gide）

○○○

有些時候呀，青年作家，你就是得做個有種的人，你得放棄一切，從零開始。

偶爾你會知道 —— 你知道，你在心底深處就是知道 —— 你現在寫的作品就是不夠好，或者當下想寫的故事不適合你。你可能已陷在毫無出路的泥沼中太久，或者一直在等新靈感出現。你已經堅持了很久，但事實是，你像是只剩指甲勾在崖壁上的人，只差一點點就要墜落。

通常一篇故事要寫了很久之後，你才能聽見自己的真實心聲。此時你可能已經忙了一年，寫了一百頁稿子（或甚至更多）。（我曾放棄寫了十八

個月的稿子，那是我的寫作生涯中最感到無比解放的日子之一。）但你心底有個角落非常清楚——就是沒來由地清楚——你到目前為止所寫的一切，都是為了現在即將開始寫的故事做準備。你終於摸清了東西南北，但無論如何，要你走回頭路都是不可能的。

所以你得把目前寫的一切徹底放棄。

當然這很嚇人。你關起檔案，你將已寫好的那疊稿子埋入深處。你可以為你寫的文字辦一場小小的守靈會，搭配一點威士忌，但就跟其他每場守靈一樣，這類儀式同樣帶有歡慶意味。你的心底深處相當清楚，是你投入的所有心力帶你找到了某個訣竅。你已創造出某種反射性運作的肌肉記憶。之前那段時間，你的寫作都是在追尋自己的執念，但你現在掌握了訣竅，足以讓這種執念與外界產生連結。你要心存感激，因為是你放棄的那些稿件讓你有了進展。你的作品已經盡了自身的責任。

現在你的作品歸零，真正是毫無退路。來自

朋友的同情會有幫助，但也只能有用個一、兩天，在此同時，你的心中會有每個作家都熟悉的怒火在悶燒：你知道你得寫作，就是這麼簡單。

　　所以你得再打開一個檔案，或者削尖你的鉛筆，坐下來，寫作。

▌讓讀者發揮他們的智慧

好的作品應該喚醒讀者心中的感受 —— 不是讓讀者知道下雨了，而是讓他們感覺到，有雨打在身上。

—— E. L. 多克托羅（E. L. Doctorow）

○○○

　　寫作課最重要的規則之一，就是「要展示，不要陳述」。這代表你要帶領讀者走過不熟悉的領域，讓他們直接經歷故事的每個生動片刻，而非奪走他們體驗的機會。我們閱讀是為了置身不熟悉的處境。讓你的讀者感覺像是親身將故事走過一遍，你要引導他們，之後再一次為他們帶來驚喜。

　　試著別在你的故事或詩作中解釋太多。永遠不要給讀者過於明確的指示。（啊他這句話也說太白了吧，嗚呼哀哉。）盡可能避免指出故事主旨。信任你的讀者，讓他們自己有所啟發。你是讀者身

處異地的嚮導，對他們親切一點，但也別太親切。

一旦你讓讀者發揮自己的智慧，他們就會一次又一次回到你身邊。去挑戰、去質疑，不要怕冒險。去披荊斬棘、去開創全新的領域，甚至讓讀者困惑，然後再放他們走。不要解釋太多，只需要給予足夠線索，讓他們自己探索這片故事的領土。這麼做能讓你總是領先讀者一、兩步，但就連最聰明的讀者也不會意識到。說到底，真正的好故事，是靠讀者寫出來的。

成功

我寧願盡情表達對人類的愛和失望，就算可能顯得俗氣，
也總好過做一個聰明的渾球。

—— 吉姆・哈里森（Jim Harrison）

◦◦◦

　　如果你一開始就成功了，一定要對此感到震
驚，然後說服自己不會再成功一次。成功的魅力
在於總是彷彿無法企及，在於咫尺天涯的感受。
如果你真的一直成功下去，那一定要戒慎恐懼，
絲毫不能放鬆。成功唯一能保證的，就是你不一
定會再次成功。

　　成功本身也擁有自己的故事曲線，所以任何
一次成功勢必會落幕。對於某些人來說，這讓他
們驚恐，但對於好好成功過的人來說，這是成功
唯一能為他們帶來的狂喜。

如果你寫完了，代表一切才剛開始

遺憾吧。遺憾是推進的燃料。遺憾會在紙頁上燒亮你的渴望。

──傑夫・代爾（Geoff Dyer）

○○○

只因為你把故事的最後一句打完 ── 記住，一個人付出的血汗遠比暗自流的淚水容易被注意 ── 並不代表你完成了這部作品。一本書或許得花上幾年來寫，但寫完的書稿仍有待完成。請務必要有耐心，要不屈不撓。耐心，我說的就是耐心。寫作過程占成果的四分之三，之後還得編修。噢，對了，編修之後還要編修，接著還是編修。然後還得進行校對工作，再來是參與宣傳會議。然後是

行銷會議，然後又得進行校對和編輯工作。然後
要邀請別人寫推薦語，進行試印，再來是最後的
校對工作。然後你這裡調整一下、那裡調整一下，
然後是無止盡的等待。當一切暫停，你要穩住，
你可以喘口氣，但腦中也會不停想著，要是再多
修改一點就好了。

然後是刊登作品節錄，你會希望至少有機會
出現在《紐約時報》上。然後當特稿出現在網路
媒體上，卻只有六個人點閱時，你會又是哀號又
是暴怒。不過，嘿，你至少多了六個讀者呀。然
後你會開始等更多讀者出現。

你晚上會睡不著，然後進入地獄的第七層：
你獲得了第一篇評論。別因為書評的內容太過絕
望，但也別太過開心。你目前才走到旅程的一半。
然後，在作品正式出版前的一個月左右，你會收
到首刷的六本書。取出其中一本珍藏，向它敬一
杯酒，自己也喝一杯。在住處跳舞，跳到撞倒架
子也無妨。把你率先摸到的這本首刷書收好，剩

下的分送給摯愛之人：你的伴侶、你的母親，還有一路以來支持你的朋友。但無論你信不信，你至少還得自掏腰包買二十本首刷書。你不可能無止盡地拿到免費書，但應該能以半價購得，又或者你的編輯會直接以超低價賣一箱給你。

不要把你手邊的首刷書全部給出去，我再說一次，不要全部給出去。為你、你的子孫，還有其他所愛之人留個五、六本。可以的話，希望之後還能再刷幾次。相信我，你不會想淪落到得付錢買第一本作品的首刷書。可以的話，希望讀者對這部作品的愛足以讓此書一直有市場，好讓那本首刷書在你的書架上一直能有立足之地。然後你等著對你的攻擊洶湧襲來，你會祈禱至少有些人來批評一下。

你會舉辦第一場朗誦會，你會進行一場小型的巡迴宣傳。你會找到一些跟你志同道合的人，但大多時候面對的是一片靜默，而這是最難的事。你花了這麼多年進行這部作品，但似乎沒人當一回事，但又如何呢？好作家總是精神旺盛，毅力驚

人，而且心中充滿渴望。你就是會想辦法站起來，
你會想辦法重新開始。

　　更好的狀況是，你早在第一本書出版前就開
始寫第二部作品了。你早已點燃了創作之火，第一
本書留下的滿地灰燼也就無所謂了。若你發現——
你應該要發現——第二本書比第一本難寫，那你
就是你一直想成為的那種作家了。

▌ 推薦語（或說搞出某種「情色文學」的藝術）

推薦語是所有作家的惡夢。已經出書的作家得常選擇要不要幫其他作家寫推薦語。如果不幫，他就是討厭鬼，但幫了還是討厭鬼——除非他幫忙推薦的是你，那他就是個天使、是上帝派來的救星，甚至是神一般的存在。

但一開始到底要怎麼邀到推薦語？通常你得乞求、懇求，甚至威脅利誘。你會要求編輯冒著遭人踐踏的風險拿真心去交陪，要她去問過旗下所有作家。她可能會找到喜歡你寫作風格的人，或是跟你同陣線的夥伴。她可能知道幾位有求必應的「推薦語娼妓」，還有他們的電話號碼：任何作家身邊都會有一些像我們這樣的傢伙，而我們實在推薦得有點累（我也是，施泰因加特先生＊！只能多驚呼！多用驚嘆號！推薦語的紅燈區又開張啦！）。你也

可以去問經紀人，他一定也有這些人的電話，但你猜怎麼著，以上這些想像都不會發生。請原諒我明擺出憤世嫉俗的姿態，但大多時候，你還是得自己去跑腿。你得親自聯繫那些你認識、欽慕的作家，給他們私下寫封短信，態度當然要誠懇、真摯，但也發揮一點創意。讓你的信魅力四射，彷彿每行字都通了電流一樣，對方才難以忽視。（不過他們幾乎都會視而不見──事實上，永遠、永遠、永遠不要期待收到回信：有些平常過度樂意稱讚的作家，一星期可以收到至少二十個推薦語請求，我沒開玩笑，去問蓋瑞吧，他一星期會收到二十一個請求，有時甚至二十二個，他的郵差恨透他了。）永遠別忘記，一個人要好好讀完一本小說，至少要花上兩、三天的時間，對生活幾乎入不敷出的人而言，這麼做可是投入大量的時間與精力成本。

如果有收到對方的回音，那值得後空翻慶祝，如果對方還讀了你的小說，值得連翻三個觔斗，要是對方真願意推薦，那值得訂張票，至少前往距離

最近又適合度假的小城慶祝一番。但要是對方沒打算推薦，別擔心，也別因此心懷怨恨。對方有一半的機率根本沒把信打開，這我們同樣不能責怪他們，另外一半的機率，則是他們可能也在忙著找別人幫忙推薦。作家全像猴子一樣，他們必須靠著幫彼此抓背，才能找到自己需要的鹽來吃。

很多作家現在都不邀別人寫推薦語，就是因為他們自己也沒時間幫別人推薦。所以，如果你仰慕的作家沒有為你推薦，也不要意志消沉到彷彿瞬間溺斃。你還有其他漂浮在文壇水面的方式。如果你讀過創意寫作學院（MFA），回去找你以前的老師，對他們使出「plámás」之技，直到他們答應幫忙推薦為止。（plámás是個美好的愛爾蘭字彙，意思是「不停拍對方馬屁，直到對方屈服於你的意志」。）如果你沒讀過創意寫作學院，找出離你最近的一間，問在那裡工作的作家是否願意幫忙，又或者在你參加的寫作團體中，找出已經出版過小說的成員。一點小建議：盡量讓他們辦事容易，

如果有必要的話，還能模仿他們的語氣，事先寫出你夢寐以求的推薦語，再給他們編修。醜陋的事實是，有些作家雖然推薦了作品，但根本沒讀書，或者沒把整本讀完。

推薦語其實就是浮誇的裝飾，是一種情色文學。大多讀者都知道推薦語是用來唬人的。

事實的真相是，推薦語的目標本來就不是讀者，是出版社為作品準備的武器，是要給銷售團隊使用的工具，另外書店也是以此為依據，決定支付幾本書的預付款。這些推薦語是為了做出行銷定位，透過這樣的定位，你的書才有辦法在最愛的書店占有一席之地。對這些事先讀過作品的人來說，推薦語是沒有仔細論述過的耳語呢喃。

因此，若要說這一切帶有些許詐騙遊戲的意味，那也沒錯。不過，當你拿到非常好的推薦語，就是那種大方盛讚，而且捕捉到你作品精髓的推薦語時，那就不只是一則推薦語了。那是一聲打從心底的吶喊、是小提琴拉出的樂音、是鼓鳴，

也是要掀翻文壇屋頂的野性嘶吼，那代表你真的搔到了某人的癢處。珍惜這樣的推薦語，享受它帶來的感受。

很快地，你也會開始寫推薦語。

*Gary Shteyngart 俄裔美籍作家。作品大多為諷刺小說，散見於 *The New Yorker, The New York Times* 等媒體雜誌。

只有你聽見的天啟

你不需要著急，不需要才智煥發，也不需要成為你自己以外的人。

—— 維吉尼亞・吳爾芙（Virginia Woolf）

○○○

通常小說或故事寫到一半時，你會驚訝地意識到，自己完全不知道（或不太知道）一切會怎麼發展。你只是在語言的迷霧中隱約感覺到，自己的作為終究會出現某種質地及深度。這就像在還沒獲得什麼訓練及裝備時下海深潛，但突然之間，你在海面幾英尺下撞見一個詞彙或意象，吃驚地發現自己選擇的方向是對的。你不知道原因，不知道身在何處，也不知道怎麼做到的。那就是一種令人震驚的天啟，是只有你能聽得到的祕密。你勇猛地從一片難以言說的混沌中掠取回寶藏，這

種感受本身帶有一種能量，你得跟隨這股能量的指示。你至少得願意讓句子順著能量發展一陣子，看看會把你帶去哪裡，若放棄就太傻了。

這就像在破解一個令人迷惘的深海物理學難題：為什麼我有辦法抵達這麼深的所在？有那麼一刻，你會發現解答顯而易見，怎麼可能一開始沒想到？就像阿基米德注意到水面在浴缸內突然上升的那刻。你其實知道自己找到了什麼，你多年來尋找的答案就在眼前。

這個答案之所以簡單到令人震驚，是因為問題一開始看來是那樣的難，但此刻答案就在眼前，就這樣直接現身。不知為何，那一片難以言說的混沌遭到洗劫。這答案之所以存在，是因為寫作就是講出每個人都清楚存在的根本性真相，只是之前還沒人真正找到。

讓寫作的能量帶領你。

我該在哪裡寫作？

蓋一間自己的小木屋，每次只要你高興，就該死地在前廊撒尿。

—— 愛德華・阿比（Edward Abbey）

○○○

作家幾乎在什麼地方都能寫，比如船上、火車上，或圖書館；地鐵上、咖啡館內、作家隱居處、冰箱上、奢華的辦公室、牢房，或巨樹幹的中空處也沒問題。常有人亂講說什麼作家都躲在閣樓中（我還偶爾在衣櫃裡工作咧，講得跟真的一樣），還會為了與世隔絕戴上眼罩，但只要你覺得舒服，在什麼地方寫作都無妨。

不過，作品還是會反映你書寫時所在的空間，所以，請讓這個空間舒適、隱密，讓你有歸屬感，也就是讓這個空間真正屬於你。什麼會有幫助？

一把好椅子絕對有幫助：好好花錢買一張。此外你必須保持良好坐姿，擁有一個時不時能伸展一下的空間，再搭配幾張照片（或許是一張你想像的角色原型照片，又或者是角色的居住環境）。你也可以準備最喜歡的名言佳句──例如「會沒事的」──並將這句話貼在牆上。用鉛筆？可以。原子筆？可以。打字機？可以。電腦？可以。錄音機？如果你的工作風格就是需要錄音機，那也可以。以上全準備也可以，因為重要的是寫作內容，而非寫作工具。但若你的工作區有電腦，要確保有辦法隨時切斷網路，最好是根本連不上。盡量別抽菸，也盡量別喝酒，要喝至少也等到工作日的尾聲。把你最愛的詩集放在隨時能拿來翻閱的所在，並在筆記本或牆上寫下給自己的各種建議。盡量別在工作的地方進食，食物碎屑可能引來其他住民。

盡量避免在床上寫作，可以的話也請避免在臥房寫作：為什麼要把你的夢都局限在同一個空間呢？享受別人大方出借寫作空間的善意，比如

有人提供度假木屋給你使用，就把握這個機會，去坐在海邊或湖邊寫作。你不必然需要窗戶，但窗戶有時確實有幫助。沒事就出去走走，去散步，容許自己放空漫遊，或許就沿著一條小徑走到幽深的遠處。

如果你覺得有幫助，也可以去「作家聚落」寫作（這說法真怪，聚落，其中帶有的大自然意味，讓人彷彿可以隱約聽見冰層彼此敲擊，或跟鳥群住在一起，又或者能看到螞蟻大軍襲來）。去那裡時要規劃好目標，並對其他作家大方表現友好，但寫作時遠離他們。你的作品是你此刻唯一重要的目標，闔上房門、關掉手機，這是你必須表現自私的時候。讓其他人去養家，也暫時讓其他人去顧家裡那條狗。遠離人群、脫掉衣服、跳舞、放音樂。如果你有在寫作時最愛聽的專輯 —— 可以去買柯倫・麥可・艾爾曼（Colm Mac Con Iomaire）的專輯《而現在的天氣》（And Now the Weather）—— 設定自動重複播放，讓音樂滲入故事背景，成為

　　　　　　　　我該在哪裡寫作？

小說語言的一部分。讓房間保持在有點冷的狀態：
這能幫助你保持清醒。

等你完成了一本書，或者一個故事，稍微改變一下書桌的狀態，比如放幾張新照片、在牆上貼幾張新圖畫，藉此翻動一下世界，撢掉你身上的舊灰塵。

於是，這個空間有了全新視野。

去讀創意寫作學院或不讀，這是個問題

活在一個安穩的世界是危險的。

—— 提胡‧科爾（Teju Cole）

○○○

就讀創意寫作學院到底好不好？事實是，沒人可以教你寫作。這樣一個學程可能為你的寫作創造環境，但無法教你創作。不過，創造環境就是最佳的教學形式了。

所以，如果你覺得適合你，那就去讀創意寫作學院，但不要指望那裡有個作家能替你解決所有問題。你去那裡是為了有機會搞砸，是為了擁有一個可以失敗的安全所在，並找到一群讀者，同時去跟一群修習相同藝術的同學一起呼吸自由

的空氣。但有時光是寫作工作坊裡的一句話，就可能摧毀你累積六個月的寫作成長曲線，但還是要有耐心，這就是正式成為作家前的實習演練。你可能會在一開始覺得挫折，事實上，工作坊可能讓作家經歷這輩子最屈辱的時刻，就連老師可能也不例外。讀完整個學程之後，或說經歷了一場心靈殺戮之後，你可能變得比之前更迷惘，但沒關係，這情況之後也同樣會解決，就給自己一點時間。往往要經過好幾年之後，你才能把課堂收穫真正吸收進去。

我在這裡給你們一點建議 —— 請不要直接放棄讀大學。給自己一、兩年時間，好好利用大學生活，去過得精彩、過得無畏，這樣你才會有素材可寫，也才有辦法在準備好書寫時，摧毀那片死盯著你的空白紙頁。

青年作家，請聽我一句：避開那些打腫臉充胖子，一年收費五十萬美金的創意寫作學程（你沒看錯，就是五十萬美金！），那種課程只會把你塞

進某間簡陋的教室，丟給你一些二流老師。大多時候，這種學程不過是走投無路的詩人及小說家的最後歸宿。（不過話說回來，正因如此，他們可能成為非常好的老師：因為他們經歷過一切苦難，比較有辦法指引你趨吉避凶。）不過，無論怎麼選擇，絕不要為了讓你那位稱霸常春藤學院的某某姨媽刮目相看，作為選擇創意寫作學院的指標。你要選擇一間真正重視文字的學院。

　　好好研究，找出最適合你的創意寫作學程、學習環境和同學。要注意擔任老師的人選，小心看待他們做出的承諾。專心投入自己的創作，但也別忘記，你會跟至少十幾位青年作家一起努力：你必須夠自私，但也同時必須表現無私。

　　說到底，真正要能夠有收穫，靠的都是自己。事實真相是，沒有學校可以真正教導你，只有你自己可以。（在我申請的所有創意寫作學程中，我只被一間錄取，其他都拒絕了我，最後我也是靠自己寫作。不過，我沒興趣把自己遭拒的經驗視為某

種榮譽勳章──若我有讀任何一個創意寫作學程，我知道自己會學得更快。）即便如此，你不需要為了學會寫作而去讀創意寫作學程。我這話是不是說過了？作家的工作就是寫，他們會把屁股黏在椅子上……除了寫，還是寫。

所以，如果你最後是在度假小屋中寫作，對那間小屋懷抱敬意。你要對自己在那間爛公寓中漫長又坐立不安的靜默長日懷抱敬意，對獎學金懷抱敬意，對貧窮懷抱敬意，對獲得的遺產懷抱敬意，總之對你所選擇的無論哪一條道路懷抱敬意。說到底，除了寫在紙頁上的文字，其他都不重要：誰會在意作者是否讀過創意寫作學程？

為自己找出一個理解以上想法的人，無論這人是同行、朋友或敵人都行。為自己找一個老師，但不要為難對方。最好的老師會明白，她其實什麼都沒有教給你。

那你能做的到底是什麼？接受那些早已失敗的前輩指導──你自己也要能心甘情願地接受失敗。

不要對他們的失敗太過嚴苛，大多時候，他們沒把寫作這條路走好，但或許他們能幫你走得更好。

寫作時應該閱讀嗎？

讀頂尖的作品，但也讀一些不那麼好的作品。好作品讓人喪志，如果只讀貝克特或契訶夫，你會直接離開文壇，去為西聯匯款服務（Western Union）送電報。

── 愛德華·阿爾比（Edward Albee）

○○○

　　寫作時該讀什麼實在很難說，不過就讓我這麼說吧：一開始創作時，你該盡可能廣泛、貪婪地閱讀。你的故事很可能受到閱讀材料啟發，因而往任何一個方向發展。你就像候鳥準備開始遷徙，而在這個階段，閱讀能幫助你起飛。

　　寫到一半之後，你閱讀的目的性應該更明確、題材更聚焦，主要都以為此計畫作研究為原則。你現在氣勢正旺，你已在遷徙途中。如果是散文作家，此時該寫一點詩，如果你是詩人，現在該

開始涉足散文創作的領域。

　　小說寫到尾聲時，你應該開始考慮不再管書架上那些書、丟掉書齋鑰匙，就是逃脫任何可能限制你的牢籠。這個階段的你是飛行和移動的代名詞，你就是翅膀。你筆下的故事只有一個目標——尋找降落的目的地。

　　到了這時候，你不需要其他作家對你指手畫腳。你會仰賴直覺，你會靜默地在腦中清出一片降落空間，這時候通常不再需要閱讀他人作品，但不代表不會在他處獲得靈感，只是會確保這個「他處」和自己保持適當距離。畢竟到了這個關口，你不需要再受自己的閱讀紀律約束。

　　但要是你用盡全力，才發現筆下故事早有人說過，而且已在市場上獲得成功，那該怎麼辦？只要你確定自己不是蓄意剽竊，就不用擔心，真的。沒有兩個故事可以真的一模一樣，沒有，真的沒有。事實上，唯一能看出來兩者相似之處的只有你。

故事的重點不在情節，而在語言、節奏、韻律和風格。如果你對自己的故事有信心，也有努力寫好，這個故事就能找到讀者。好作品的影響力相當能夠持久，只要你別犯下錯誤，讓自己的故事成為抄寫他人故事的蒼白複本即可。在將想法轉化為文字時務必小心，確保你是用自己的話來說。但也別忘記，我們的獨特聲腔全取材自他人，世間沒有真正獨一無二的事物。所以，如果你被拿來跟其他作家相比，謙卑地低下頭，臉紅，心懷感激，然後忘了這件事。還有，拜託，如果你無意識間犯下錯誤，寫出和別人幾乎如出一轍的句子，請勇於承擔，別找藉口，也不要笨拙地狡辯。語言之洋如此遼闊，難免有重複出現的時候。

　　你必須接連產出屬於你的好句子。透過這種方式，你才能慢慢刻畫出專屬自己的獨特聲腔。

砸碎那面鏡子

我書寫及訴說的事實，都沒有比我書寫的小說更接近真相。
—— 娜汀‧葛蒂瑪（Nadine Gordimer）

○○○

　　寫小說可以傷人。事實上，寫小說有可能徹底將人摧毀。如果只有傷害到你自己，問題還不那麼嚴重，但若你寫的小說開始讓他人受傷，尤其是那些與你親近的人，你就該砸碎讓你自我耽溺的那面鏡子。

　　別再書寫你自己了，也不要直接竊取朋友的人生。不要寫你父親的不幸，也別拿女友的身體來塑造你的文學地理版圖（literary cartography）。別拿你男友的神經質表現來多擠出一個段落，更別把某些人稱為「真實人生」的事件照搬進小說。就算是為了文學，親眼看著自己將朋友或家人的

人生赤裸呈現出來，實在稱不上英勇作為。

　　如果你正在寫小說，別自我耽溺，去投身更廣大的世界。去虛構出角色的神經質表現、外貌或不幸遭遇，去創造出一個足以將你父親埋藏其中的全新父親，並改變所有取材自真實的人名、長相，及事件發生的時間點或天氣。這可以為你帶來解脫。你的父親會因此呈現出栩栩如生的完整樣貌，但又不會被讀者認出來，他在這個全新身體中擁有更多自由，還可能更顯深度。你的人生也會因此有所裨益。

　　當然也有非常著名的例外。比如你可能是記者或社會歷史學家，你可能跟卡爾．奧韋．克瑙斯高（Karl Ove Knausgaard）一樣想寫六部自傳小說，又或者是相信自己的人生就該被寫下來的詩人。或許你認定你的人生擁有超越現實的重要性。但如果你有能力創造出一個不同於自己家族的全新家族，硬把家人搬上檯面的意義又是什麼？

　　就算你把實際發生的事寫下來，也不代表讀

者就能感覺到其中的真實性，就算是在小說中也一樣。真實事件不是偷懶的藉口，你必須讓事件在紙頁上立體起來。你必須利用獨特的節奏、風格，還必須極度誠懇地忠於此事件帶來的感受，而非忠於此事件的實際細節。

所有寫作都是想像力的實踐，都是從無到有的工作，就算是稱為「非虛構」的文類也不例外。

說到底，想像力就是創造回憶的手段。去使用你的想像力。我們在這裡談的是行使自由的責任，而非迴避。我們談的是一種更深埋於作者內在的真相，只是你還沒有好好意識到。

相信我，只要停止直接書寫自己，你會覺得獲得解放。你所知的一切最後都會出現在你的想像中。一旦有了創新的意圖，你的角色也會更為真實。

一旦開始嘗試迴避自我，你就成就了一個了不起的悖論：你已經在書寫你自己了。你是唯一可以書寫自己的人，也是唯一該摧毀自我的人。

砸碎那面鏡子

於是，從這點出發，你得以繼續寫下去，得以進行一切的再創造。

心靈中的暗影

坐在桌前寫作，能讓你的精神飛升，我還沒找到比這更強的興奮劑。

——亨特・斯托克頓・湯普森（Hunter S. Thompson）

○○○

青年作家，憂鬱是寫作帶來的職業風險，但別深陷其中。別讓自己固著為絕望中的化石，也別讓自己在抑鬱的泥沼中動彈不得。如果凝視深淵的時間夠長，你也會開始以深淵的視角望向所有事物。未經仔細檢視的人生固然不值得活，但過度檢視人生也可能摧折你的靈魂。

因此，無論身處多黑暗的處境，別逃避身為作家必須尋求意義的責任。所有好書都在談論某種形式的死亡。去稱頌死亡，去找出死亡與生命交會之處。

去執行你的想像力，並藉此將你從死亡中帶回來。用寫作讓自己超越一切悲慘，用寫作讓自己不致被世界淹沒，用寫作為自己展開新的道路。

我這麼說不是為了公然否定憂鬱的存在，或駁斥憂鬱這樣的概念。你偶爾會陷入憂鬱，這很正常，但不要徹底受憂鬱掌控。將你的角色從被種種艱困現實封住的冰塊中挖出來，最重要的是，你也會因此把自己挖出來。

寫下你的信條

心中埋藏一個故事不說，比什麼都苦。

—— 柔拉・涅爾・賀絲頓（Zora Neale Hurston）

坐下 —— 現在就坐下！ —— 現在！ —— 寫下你的信條。你相信什麼？你打算透過寫作達成什麼目的？目標讀者是誰？你跟語言的關係是什麼？如果想看到世界有所改變，你希望朝什麼方向改變？持續對你想知道的事物保持求知慾。在寫作生涯的不同階段嘗試思考自己的信條，甚至可能每年重新思考一次，又或者每五年一次，並確保這些信條具有內在一致性。觀察自己是如何開始發光發熱，又或者自己的沒沒無聞。如果沒沒無聞是為什麼？究竟為什麼？這樣的思考本身就能形成一種信念。

　　　　　　　　　寫下你的信條

公車理論

你寫作，要像全世界的命運都仰賴這部作品一樣。

—— 埃里克桑德爾・何蒙（Aleksandar Hemon）

○○○

　　若要確知你所做的一切有多重要，最好的方法或許是公車理論。想像你每天早上起床，去到寫作的地方，你專心致志，你挖掘，你創造。

　　週間工作結束後，你走入外面的世界 —— 無論只花一小時、一個早上，或者是一整天都好。此時街上的車流從身邊滑過，世界還是原本模樣，你心中也仍揣著一個個靜默的文句。你稍微分了心，走下人行道，突然間一陣氣流捲過，喇叭聲大響，柴油味猛烈襲來，還有人在尖叫。一台公車剛剛只差幾英寸就要撞上你，可說擦肩而過，幾乎可說只有毫釐之差。此刻的你雖不至於在腦中開始回顧自

己的一生，但你的小說、你的詩，或你的故事確實一瞬間浮現眼前。你重新站回人行道上，緩和呼吸。你就跟所有其他人一樣清楚，你永遠不想被一台公車撞上，但如果注定要遭到公車擦撞——如果這就是你的命運——那這台公車一定是打算至少等你把書寫完。如果我必須離開這個世界，上帝，請容許我保有尊嚴，請讓我寫完最後一個句子。

這個公車理論——有時也可能被稱為「目的理論」——能每天早上幫助你下床面對新的一天。這個理論能證明你的奮鬥具有價值，你的工作很重要，也證明那個故事需要被說出來。

死亡不是選項，至少現在還不是。

▌ 為什麼說故事

說故事能讓人從「自我」的牢籠中解放出來，帶領人走向
終極的冒險 —— 透過他人之眼觀看世界。

—— 托拜厄斯・沃爾夫（Tobias Wolff）

○○○

　　為什麼要說故事？我們為什麼有這麼深刻的
需求，想彼此訴說這些同時具有真實及虛構元素的
故事？為什麼我們得越過桌子、在火堆邊傾身逼近
對方，又或者透過精密交織的網際網路，去向對方
低語「聽我說」？我們這麼做是因為受夠了現實，
需要創造出尚未出現的一切。

　　故事和詩歌創造的是尚未到來的事物。透過
想像力杜撰的句子就是在熱烈擁抱新事物。文學就
是提出各種可能性，再從中提取真相。我們藉由說
故事獲得最強而有力的證據，來確知自己還活著。

「虛構」（fiction，也可譯為小說）這個詞的意思其實是形塑或塑造的意思，字源是拉丁文的「fictio」，其動詞是「fingere」，過去分詞則非常有趣的是「fictus」。這個詞彙不（必然）代表說謊或從無到有的發明，也不代表其中沒有任何「真實」元素。這個詞彙代表的是提取已存在的事物，並為其賦予新的形式。

　　文學可以延遲我們陷入絕望的速度，或是給我們一個對抗絕望的施力點。這樣夠嗎？當然不夠，但這就是我們僅有的。

擁抱評論家

我們唯一必須對歷史善盡的責任，就是去重寫歷史。
—— 奧斯卡・王爾德（Oscar Wilde）

○○○

擁抱評論家，尤其是那些傷你最深的白痴。不要因為他們焦躁不安，不要口出惡言，不要偷說對方壞話。你可以在酒吧或咖啡店直接上前跟他攀談，問能否請他喝一杯，然後望著他啜飲，自己也慢慢喝。你可以感謝他寫的評論，打量他驚訝的表情，沉默一陣子，然後告訴他 —— 表情嚴厲地說 —— 很長一段時間以來，這是你讀過寫得最差的評論。別說完就走，眼神持續盯著對方，看看他是否有幽默感。如果他能理解你，留在原地笑出來，那對方可能就是你想要的那種評論家。去把他的評論再讀一遍：其中可能有需要你明白

的重要訊息。

　　偶爾有人把你的作品從裡到外剖析一遍，實在是再好不過的事。不過，基本規則是：不要相信那些評論，無論好壞都一樣，尤其要提防那些寫得好的評論。因為只要你相信那些寫得好的評論，就自然會連帶相信寫得不好的。

　　盡量不要讓自己成為評論家。有些作家大無畏地這麼做了，但你注定會在書寫評論的過程中傷到一些人。就把評論的工作留給評論家吧。

　　這裡有個再怎麼說都不錯的建議，「如果可以控制自己，不要相信任何胡說八道的評論，」因為事實上，最會生產這類評論的大概是你自己。所以，保持謙虛，接受自己作為自己的批判者。我們時不時得去搭訕自己，面對那張蠢笨的醜臉，請他喝上一杯。

寫完後的筋疲力盡

每當讀者愛上一本書，書的精華都會留在讀者心中，就像輻射性落塵飄到可耕種的土地上，此後，有些作物再也無法在此生長，反而是更為奇特、美好的作物偶爾會冒出頭來。

—— 薩爾曼·魯西迪（Salman Rushdie）

○○○

寫完故事的你就該筋疲力盡。你該感覺像被擰乾的海綿，再也擠不出什麼。你該自我質疑，你該深信自己是個詐騙人的江湖術士，你該相信自己寫得傑出的部分全是意外。你該確信自己無法再寫出一本書，你該對自己眼前的成果感到迷惘，也不清楚要怎麼再來一次。事實上，你該深信自己不會再來一次。

此刻的疲倦是最棒的歡慶時刻：你就是在此時知道，快要看到終點了。

▋ 你寫下的最後一句

如果我們沒有偶爾因為身邊的世界感到挫折、撞見驚喜，又或者遭到摧毀，也沒有遇到無言以對或震撼不已的時刻，那或許代表，我們還不夠關注這個世界。

—— 班・馬庫斯（Ben Marcus）

○○○

果戈里說過，所有故事的最後一句都是「此後一切再也不會相同。」人生中沒什麼事的來由可說簡單明瞭，一切也從不會真正結束。不過，故事至少還能假裝一切有個結論。

不要把故事線收得太完美，不要用力過頭。通常故事會在整本書的倒數幾段結束，找出那個地方，用紅筆做出記號。用不同的最後一句收尾，將這些版本列印出來，跟這些版本相處一下。再次去你常去的公園長凳坐一陣子，尋找心中的寧靜，

然後反覆閱讀每個版本，最後選擇那個你覺得最真實，但又帶點神祕氣息的版本。不要在此畫蛇添足地解釋故事意涵，不要在結尾將故事變成一個道德教訓，也不要在最後彷彿宣教般地高喊哈雷路亞。相信你的讀者，他們跟你一起走過這麼長的旅程，自然清楚自己經歷了什麼，也明白自己得到什麼教訓。他們已知道人生無比黑暗，你不用在最後一刻硬要塞給他們一個燦爛結局。

你想要的是讓讀者留下印象，想要讀者有所改變。更棒的是，她自己因此想要改變。

如果可以的話，用明確的細節收尾，最好是一個行動或狀態的更動，好驅策讀者不停前進。永遠不要忘記，故事早在你寫下第一個字之前就開始了，並在最後一句寫完後很久才結束。讓你的讀者有辦法在讀完最後一行之後，還能走進自己的想像世界。去找出結尾的風度，這才是真正的寫作天賦。你要讓這個故事不再屬於你，而是屬於某個他方，那是你創造出來的空間。你該調

整對世界的看法，用將各種文句組裝起來的方法，去將不同世界連結起來。

　　你寫的最後一句，就是所有讀者的第一句。

給青年作家的信，新版

這就是寫作的神祕之處：寫作源自苦難、源自受創的時刻，
也就是你的心被搗碎的那些時光。

—— 艾德娜・奧布賴恩（Edna O'Brien）

○○○

　　青年作家，我們對自身天職的熱情是否已然
耗盡？我們這個年代面臨的危機，似乎是大家都驚
恐又無力地屈服於當下的時代處境，人人都屈服於
穿著高領衫的政客、官僚、對沖基金經理人和其他
人所訂下的各種規則。我們被當代的特選麻藥收買
了：安逸。在此同時，社會上各種令人義憤填膺的
事件就在我們眼前展開。有些政黨大談要在邊境建
牆，大學開始投資石化燃料。許多人的屍體在火葬
場燃燒，大公司卻只顧著歡慶自己的成就。我們所
面對的問題主要在於一切現實都是在平面上運作，

也就是我們面對的螢幕，而這個平面無法顯示真實世界的起伏樣貌。所以，離開沙發吧，走出門，不停書寫。光說不練的精神喊話是沒用的。合理化你的怒氣，享受自己透過想像力展現出的輕率魯莽。現在許多作品似乎都受到過度簡化的道德權威挾持，而且不只是讀者內心推崇的道德權威，還有作者內心及語言中暗藏的道德權威。寫作不再是我們國家理念的一部分，我們看待作家的方式也跟幾十年前不同，現在不再有人擔心我們作家說的話。為什麼會這樣？我們喜愛舒適的生活，因而容許自己的文字失去價值。我們的道德羅盤已然失效，我們開始屈服於一切都要中庸化的趨勢。我們活在一個「人生地圖」被畫得愈來愈詳盡的文化中——有導航系統可以一路帶領所有人直到死去，導致我們已經不記得該如何好好迷路。寫作不是用來討好人的天真情懷，你對待寫作的態度也不該如此。因此，擁抱各種挑戰吧。永遠別忘記，對抗強權時，寫作讓你擁有得以清晰論述自我立場的自由，

這是一種非暴力介入以及公民不服從的形式。你必須置身社會之外，不受任何威逼、恐嚇、殘暴或脅迫的手法影響。強權想要簡化什麼，你就該將其複雜化。強權想要道德化什麼，你就該批判。強權想要恐嚇誰，你就擁抱誰。好作品的美妙之處，就在於可以直逼對方痛點，但又不需要真正行使暴力。透過寫作，你能承認傷痛的存在，但不用歌頌，也不用同樣為其所苦。寫作能創造傷痛的幻覺，但又同時逼迫我們成長，並面對自己內心的魔鬼。苦痛能把我們電暈，但我們終究有辦法復原，就算身上留疤，但也就是疤而已。我們必須理解，語言就是力量，就算有權者多常想奪走這份力量也沒辦法。想了解你的敵人嗎？讀他們的書、看他們寫的戲，細讀他們的詩歌，試圖深入他們的創作核心。對一切充滿牢騷及不滿總好過什麼都不知道。你必須遭遇世上各式各樣複雜而細微的差別，才會有改變的衝動。明確意識到自己想靠寫作對抗什麼，起身行動，並意識到你就跟故事裡的角色一樣，

若是想當英雄，就也要有能力做個傻子。嗚呼，可憐的弄臣約利克（Yorick），可憐的大國民肯恩（Citizen Kane），可憐的法斯塔夫爵士（Falstaff）呀，英雄這角色通常看來可笑，但最了不起的人仍樂意擔下這份責任。你要去對抗戰爭、對抗貪婪、對抗邊境牆、對抗過度簡化的一切，也對抗膚淺的無知。傻子就該說出真相，就算不受歡迎也一樣，或者說，正因為不受歡迎才更要去做。不要覺得難為情，不要放棄，不要因為受到威逼而沉默。用局外人的角度去看。不要打安全牌，而是讓別人害怕你的出擊。讓那些受到看輕的人事物重新獲得重視。不接受他人揶揄你對寫作這份天職抱持的熱情。為那些聲音遭淹沒的人高聲吶喊。不要因為妒恨你的人而成為沒用的作家。珍惜那些憤世嫉俗的傢伙，是的，甚至該稱讚對方，畢竟他對你的生涯還有用處，是你還有辦法教化的對象。不要背棄身為作家的誓言，你一定要談論那些藏汙納垢的現實，你要談論貧窮、不正義和其他數千種

日常發生的人間苦難。無論人生多苦澀，多令你撕心裂肺，你都不該停止描繪。我們書寫的作品就是自己存在的活見證。好的句子能震懾、誘引並喚醒麻木的人心。做一顆足以切割玻璃的鑽石，在艱難處境下堅持不懈。將所見轉化為文字，想像既存經驗的各種廣闊的可能性。反對殘酷，打破沉默，做好犯險的準備。發掘人生的光彩。做好受人嘲弄的準備。擁抱困境，努力投入。面對現實吧，你不可能年紀輕輕就交出驚世鉅作，你必須為了創造出獨特的樂音付出代價，為此做好心理準備。繼續寫作吧，青年作家，寫吧。去爭取屬於你的美好未來，找出自己的文學語言。為了寫作時單純的快樂而寫，但同時也因為你知道，自己的作品可能讓這個世界產生一丁點改變。我們身處的世界實在美麗、古怪又眾聲喧譁，而文學提醒我們，人生不是早已寫好的腳本，每個人都還擁有無限可能。每次與絕望交手時，就從中創造出一些美好。你愈是選擇去看，就會看到愈多。到了最後，你會

發現唯一值得做的事，就是可能讓你傷透心的事。

張揚而激烈地走下去吧。

你誠摯的卡倫姆·麥坎

聯經文庫

寫小說就這樣？ 給青年作家的信

2021年4月初版　　　　　　　　　　　　　　　　　　定價：新臺幣290元
有著作權・翻印必究
Printed in Taiwan.

著　　　者	Colum McCann	
譯　　　者	葉　佳　怡	
叢書編輯	黃　榮　慶	
校　　　對	馬　文　穎	
整體設計	朱　　　疋	

出　版　者	聯經出版事業股份有限公司	副總編輯　陳　逸　華
地　　　址	新北市汐止區大同路一段369號1樓	總編輯　涂　豐　恩
叢書編輯電話	(02)86925588轉5307	總經理　陳　芝　宇
台北聯經書房	台北市新生南路三段94號	社　　長　羅　國　俊
電　　　話	(02)23620308	發行人　林　載　爵
台中分公司	台中市北區崇德路一段198號	
暨門市電話	(04)22312023	
台中電子信箱	e-mail：linking2@ms42.hinet.net	
郵政劃撥帳戶第0100559-3號		
郵撥電話	(02)23620308	
印　刷　者	文聯彩色製版印刷有限公司	
總　經　銷	聯合發行股份有限公司	
發　行　所	新北市新店區寶橋路235巷6弄6號2樓	
電　　　話	(02)29178022	

行政院新聞局出版事業登記證局版臺業字第0130號

本書如有缺頁，破損，倒裝請寄回台北聯經書房更換。　　ISBN　978-957-08-5726-9 (平裝)
電子信箱：linking@udngroup.com

國家圖書館出版品預行編目資料

寫小說就這樣？給青年作家的信/Colum McCann著．
　葉佳怡譯．初版．新北市．聯經．2021年4月．204面．
　12.8×18.8公分（聯經文庫）
　譯自：Letters to a young writer: some practical and philosophical
　　　　advice.
　ISBN　978-957-08-5726-9（平裝）

　1.小說　2.寫作法

812.71　　　　　　　　　　　　　　　　　　110002553